Tempo de APRENDER, tempo de PERDOAR

Copyright © 2023
por Rodrigo Távora

Todos os direitos desta publicação reservados à Maquinaria Sankto Editora e Distribuidora LTDA. Este livro segue o Novo Acordo Ortográfico de 1990.

É vedada a reprodução total ou parcial desta obra sem a prévia autorização, salvo como referência de pesquisa ou citação acompanhada da respectiva indicação. A violação dos direitos autorais é crime estabelecido na Lei n.9.610/98 e punido pelo artigo 194 do Código Penal.

Este texto é de responsabilidade do autor e não reflete necessariamente a opinião da Maquinaria Sankto Editora e Distribuidora LTDA.

Diretor-executivo
Guther Faggion

Editora-executiva
Renata Sturm

Diretor Comercial
Nilson Roberto da Silva

Editorial
Pedro Aranha, Luana Sena

Revisão
Eliana Moura Mattos

Marketing e Comunicação
Rafaela Blanco

Diagramação
Matheus Torres

Direção de Arte
Rafael Bersi, Matheus da Costa

DADOS INTERNACIONAIS DE CATALOGAÇÃO NA PUBLICAÇÃO (CIP)
ANGÉLICA ILACQUA – CRB-8/7057

TÁVORA, Rodrigo
  Tempo de aprender, tempo de perdoar : um romance espírita / Rodrigo Távora. -- São Paulo : Maquinaria Sankto Editora e Distribuidora Ltda, 2023.
  176 p.

  ISBN 978-85-94484-19-2

  1. Literatura espírita 2. Espiritualidade I. Título

23-5784   CDD 133.9

ÍNDICES PARA CATÁLOGO SISTEMÁTICO:
1. Literatura espirita

Rua Pedro de Toledo, 129 - Sala 104
Vila Clementino — São Paulo — SP, CEP: 04039-030
www.mqnr.com.br

PREFÁCIO POR MARISA FONTE

Rodrigo Távora

Tempo de APRENDER, tempo de PERDOAR

UM ROMANCE ESPÍRITA

maquinaria
EDITORIAL

DEDICATÓRIA

Dedico este livro para uma grande pessoa, que, do alto dos seus 1,60 m, é a maior mulher que conheci.

Carla esteve comigo desde os 15 anos de idade e, entre idas e vindas, nos casamos aos 29 anos. Ela esteve comigo nos momentos mais difíceis da minha vida.

Sempre ao meu lado, apoiando, orientando, sendo aquela voz lá no fundo que te conduz ao caminho correto, me fazendo pensar e decidir com mais racionalidade. Foi por causa dela que tive os melhores momentos da minha vida.

Se hoje sou o que sou e tenho o que tenho, grande parte disso devo a essa grande mulher. Se hoje estou vivo, é porque ela sempre me incentivou a ter uma alimentação melhor, fazer mais exercícios e ter mais cuidados com a saúde.

Durante todo o período da minha doença, foi ela quem esteve ao meu lado, desde o dia em que recebi o resultado do exame, no dia da minha internação, no dia em que despertei, no dia em que saí do hospital e até os dias de hoje.

Por ser médica, essa grande mulher enfrentou a pandemia e os riscos de contaminação e morte. Enfrentou os riscos de me visitar no hospital. O próprio médico da UTI me disse: "Valorize sua esposa, pois eu nunca vi uma mulher fazendo o que ela fez... enfrentar o hospital inteiro para ter autorização de acesso à UTI para te ver."

Do outro lado, eu sentia sua presença e a via sempre em meus sonhos. Eu lutava muito para voltar à ela e aos nossos filhos. E, quando voltei para casa, essa mulher tinha preparado tudo para o meu retorno. Uma casa sem uma mulher é um lugar vazio. Uma vida sem essa mulher seria uma vida vazia.

Eu tenho sorte de ter essa mulher em minha vida e, embora eu falhe, pois sou humano, reconheço a esposa que ela é, agradeço todos os dias por ela, a honro e a amo com todas as minhas forças.

Carla, amo você!

"A nossa felicidade será naturalmente proporcional em relação à felicidade que fizermos para os outros."

Allan Kardec

SUMÁRIO

11 PREFÁCIO

13 PRÓLOGO

PARTE I - SONHOS E APRENDIZADOS

17
SETE DIAS ANTES DA INTERNAÇÃO

25
DIA DA INTERNAÇÃO

33
O AVIADOR

43
DORES

47
A TRIBO E O VITRAL

53
QUARTO DE ENSINAMENTOS

61
QUANDO O APRENDIZ ENSINA SEU MESTRE

67
DECISÃO

75
INIMIGOS

77
ENTRE DOIS MUNDOS

79
TRATAMENTO

87
PARTIDA

PARTE II - RENASCIMENTO

97
RETORNO

101
CORRENTE

107
LEGADO

115
CONSTELAÇÃO

121
VIDAS, MESTRES
E APRENDIZADOS

127
REGRESSÃO

131
TRIBO

135
CAMPO DE BATALHA

141
FELIZES SÃO OS MANSOS
E OS PACIFICADORES

147
O TEMPO NECESSÁRIO
NÃO É O NOSSO TEMPO

153
A VIDA É UM PRESENTE

155
UMA ALDEIA, MUITO
APRENDIZADO

159
O ATO MAIS DIFÍCIL

163
APRENDIZADO

165
ATO FINAL

PREFÁCIO

O romance de Rodrigo Távora nos convida a refletir sobre a importância de olharmos para a vida sob um novo prisma, e mostra que ela está muito além do que os nossos olhos materiais têm condições de enxergar. Essa ótica espiritualista traz reflexões e ensinamentos que podemos empregar diariamente em nossas vidas, como, por exemplo, aprender a ver além das aparências, e compreender que somos muito mais do que a matéria que enxergamos, convidando-nos a pensar sobre a nossa essência como seres eternos, temporariamente neste mundo para aprendermos um pouco mais a cada dia. Sua narrativa nos instiga a considerar a continuidade da vida e a refletir sobre como as experiências das encarnações anteriores determinam a nossa maneira de ser, embora sejamos incentivados constantemente a renovar os nossos costumes e crenças.

Rodrigo conta sobre a sua *experiência de quase-morte*, e de como isso trouxe reflexões acerca da sua própria conduta e de como ele havia vivido até então. Em vários momentos ele se encontra em situações nas quais percebe que a maneira como agia com as pessoas ao seu redor poderia ser bem melhor, mas que para isso seria necessário rever a sua postura diante dessas mesmas pessoas e situações.

É muito emocionante ver como ele começa a se conscientizar de que na vida é preciso às vezes amparar e outras tantas ser amparado, pois dessa forma torna-se possível equilibrar o exercício de dar e receber ao qual a vida nos incita a todo instante. As descobertas e os sentimentos que as experiências proporcionaram ao autor são abordados de maneira leve e delicada, tornando a leitura agradável e trazendo uma série de aprendizados e mensagens positivas nas entrelinhas.

Sob essa ótica espiritualista, a leitura deste livro convida a pensar e repensar a maneira como estamos agindo diante da nossa própria existência, e nos lembra sobre a efemeridade e a fragilidade da vida que vivemos aqui na Terra, e que pode ser interrompida quando menos esperamos. E aí nada do que possuímos vai valer alguma coisa. Todos os tesouros materiais não são suficientes para comprar um minuto a mais da experiência terrena que temos, pois o verdadeiro tesouro consiste em amar, perdoar e tornar-se um ser humano cada vez melhor — não para mostrar isso aos outros, mas para honrar a vida que nos foi dada, e para que possamos ter a tranquilidade de haver aprendido e assimilado as lições que a vida oferece a cada momento. Essa obra merece ser lida, relida e meditada, e que suas lições sejam colocadas em prática.

Marisa Fonte
Psicanalista, consteladora, escritora, médium e palestrante
Especialista em Neurociência, Psicologia Positiva e Mindfulness (puc-pr)

PRÓLOGO

Luzes e rostos flutuavam sobre minha cabeça. O torpor causado pelos medicamentos me impedia de ter a lucidez necessária para identificar de onde vinham as vozes, mas eu sabia que aquilo não significava algo bom.

Tudo transcorrera tão rápido que ainda parecia um sonho. Um sonho ruim.

— Sr. Rodrigo? — perguntou-me a voz.

Eu escutava, mas não conseguia responder.

— A saturação ainda está baixa. E caindo — outra voz ecoou.

Esforcei-me para não perder contato com a realidade, mas era inútil. As luzes sobre minha cabeça começavam a desaparecer e, meu corpo, a mergulhar numa necessidade incontrolável de descansar.

— Sr. Rodrigo, precisaremos entubar o senhor. Consegue me entender?

A voz persistente confirmava meu maior temor. Ainda assim, me era impossível reagir. Então, tudo ficou escuro. Eu havia mergulhado em sono profundo.

PARTE 1

Sonhos e Aprendizados

CAPÍTULO 1

SETE DIAS ANTES DA INTERNAÇÃO

Despedi-me do cliente como de costume: um aperto de mão caloroso, a confirmação de que faríamos contato. Voltar à rotina em tempos de auge de pandemia era um desafio para qualquer um que, como eu, trabalha na área comercial. Sendo gerente regional do Banco Santander, sempre julguei contato pessoal, olho no olho, algo essencial. Afinal, nada substitui um aperto de mão, um abraço ou um cafezinho.

Haviam se passado meses de reuniões online e home office, novos hábitos impostos pela pandemia. Apesar de seguir rigorosamente as normas para evitar contato físico — em parte, graças à insistência de minha esposa, Carla, que é médica —, ficar trancado no apartamento horas a fio havia se tornado um tanto claustrofóbico. Por isso, no finalzinho de minhas férias, quando fui informado pelo meu superior de que seria necessário visitar algumas de nossas filiais, não hesitei em aceitar.

Álcool para higienização das mãos, máscara e uma boa parcela de cuidado, e, então, tudo ficaria bem.

E foi assim. Depois de um dia de reuniões na segunda-feira após meu retorno das férias, providenciei as passagens aéreas e segui o roteiro planejado. As normas restritivas pouco a pouco estavam arrefecendo, e a pandemia de covid-19 parecia já ter atingido seu pico e, gradualmente, enfraquecido.

Naquela noite, às vésperas da viagem, dormi mal. Chamem de pressentimento ou de aviso do inconsciente, mas o fato é que eu sentia que algo estava errado, fora de lugar. Pela manhã, preparei-me para sair, beijei meus filhos e desci para o hall do edifício em que moramos para esperar o Uber. O motorista, obviamente inspirado, dedicou boa parte do trajeto para falar sobre a pandemia e as brigas políticas decorrentes da vacinação. Era incrível como, nos últimos tempos, qualquer assunto parecia ter ganhado contornos quentes de partidarismo e uma boa dose de fanatismo.

Vários minutos de viagem haviam se passado quando, num estalo, percebi que tinha esquecido minha mala.

Novamente, a sensação de que tudo estava fora do lugar me acometeu. Aquilo nunca havia acontecido antes.

— O senhor quer que volte para pegar? — perguntou-me o motorista.

— Sim, por favor — respondi, conferindo o horário. Tínhamos tempo até o aeroporto de Congonhas, mas minha vontade, que gritava em meu íntimo, era dizer que ele poderia me deixar em casa, porque não viajaria mais.

Finalmente, com minha mala no bagageiro do carro, retomamos o caminho ao aeroporto. Conferi mais uma vez o horário e constatei que teria tempo de sobra para pegar o voo. Então, por que estava tão angustiado?

Uma vez no aeroporto, dirigi-me ao portão de embarque doméstico.

— Bom dia, senhor. Boa viagem — disse-me a atendente, após conferir minha passagem.

Meneei a cabeça, assentindo. Pelo corredor, entre guichês, lojas e portões numerados, eu refletia sobre a angústia que me preenchia. Pensei nos meus filhos, Alice e Pedro, e também na minha esposa, Carla.

E se o avião cair?

Tive uma formação espírita desde muito novo, apesar de, há bastante tempo, ter abandonado a frequência nos cultos. Todavia, isso não me tornava necessariamente supersticioso.

Ajustei a máscara sobre o rosto e procurei um assento junto ao portão de embarque, sobre o qual o painel eletrônico indicava 'Belo Horizonte' como destino, juntamente com o horário de partida.

Estou é paranoico, pensei, notando que ainda restavam alguns minutos para meu embarque. *Pare de procurar sinais onde não existem.*

Dediquei-me então a conferir mensagens no WhatsApp e a responder alguns e-mails mais importantes pelo celular. Pensei em ligar para Carla, dividir com ela minha aflição, mas desisti. Era seu horário de plantão no hospital e, além do mais, só a deixaria preocupada. Mal notei o tempo passar e, quando dei por mim, a voz no autofalante já anunciava meu voo.

Seja o que Deus quiser, pensei, enquanto o micro-ônibus cruzava a pista e estacionava próximo à aeronave. Desci e, depois de alguns solavancos e trombadas, instalei-me em meu assento no avião. Procurei no *iTunes* alguma playlist de músicas relaxantes e, com fones nas orelhas, fechei os olhos no exato momento em que a comissária de bordo gesticulava, dando instruções de segurança e de proteção contra a covid.

Foi nesse ínterim, logo após o avião decolar de Congonhas, que peguei no sono, despertando apenas com o toque da aeromoça, me avisando que estávamos para aterrissar em Confins.

— Grato — agradeci, sem jeito por ter dormido tanto. Me endireitei no assento e esperei a aeronave tocar o solo.

Bom, aqui começa a missão, disse a mim mesmo, já sentindo-me mais calmo. Toda aquela angústia não passara de um alarme falso.

Assim que meu celular recuperou sinal, fiz algumas ligações para os responsáveis pelas áreas dos departamentos de BH e confirmei se o motorista me aguardaria no saguão de desembarque. Fui informado de que Daniela Lobato, gerente responsável pela unidade de Belo Horizonte, estaria em Confins pessoalmente para me encontrar. Seria nosso primeiro encontro após um longo tempo de isolamento, e eu estava feliz de rever uma grande amiga.

Estava tudo certo. Minha agenda, repleta de reuniões e visitas, foi cumprida com esmero. Após jantar com o gerente do departamento, dei o dia por finalizado.

— Estou ligando para dar notícias — eu disse, ao celular, assim que Carla atendeu. Eu havia acabado de entrar no quarto do hotel e saltitava sobre um pé só, enquanto tirava o sapato. — Como estão as crianças?

— Por aqui, tudo bem — ela respondeu, com voz cansada. — E você? Está se cuidando?

— Com excelência. Mereço um dez — brinquei. Desde que comuniquei minha viagem, Carla ficou bastante preocupada. Eu sabia que, como médica, ela tinha visto horrores nas alas dos hospitais. Mesmo em casa, grande parte das atitudes de prevenção partia dela. — Não se preocupe, amor. Vou ficar bem.

— Você se acha um super-homem, né? Acha que nada acontece contigo — ela disse.

— Usei máscara e só tirei para tomar um cafezinho e jantar. Limpei as mãos com álcool em gel também. Fiz minha parte, oras — falei. — A turma do departamento já voltou ao ritmo de viagens e todo mundo está bem. Não é comigo que vai acontecer o pior.

A contragosto, ela aceitou meu argumento. Conversamos por mais alguns minutos e depois desliguei. Estava exausto.

Naquela noite, dormi como um anjo. Tudo corria às mil maravilhas.

No dia seguinte, voltei a São Paulo e fui direto para o escritório. O restante da semana seria de home office, então aproveitei para adiantar assuntos pendentes, que exigiam minha presença física. Um desses assuntos foi confirmar, para a segunda-feira seguinte, uma reunião em Campinas, área que também fazia parte de minha responsabilidade.

E foi justamente nesse dia que tudo começou. Como falei, despedi-me do cliente, apertando sua mão. Era uma reunião importante, que terminara bem-sucedida. Assim que entrei no carro, limpei as mãos com álcool em gel e liguei o ar. Sentia a garganta ressecada e um princípio de coriza.

— Era o que faltava — murmurei, dando partida para pegar a Rodovia dos Bandeirantes no retorno à capital.

Até aquele momento, ainda que o mal-estar piorasse, não me passara pela cabeça ser algo grave. O mais provável, eu achava, era ser uma gripe, em virtude do contato com várias pessoas nos dias subsequentes após um longo período de isolamento. Como era junho e as temperaturas oscilavam entre dias ensolarados e noites geladas, não havia organismo que aguentasse.

Além disso, minha família tinha acabado de voltar de uma viagem de férias, e nada acontecera.

— Tudo bem? — perguntei, assim que Carla atendeu à ligação. Eu falava pelo bluetooth do carro e sentia minha voz mais fanha.

— Aqui, sim. Como foi aí?

— Estou voltando e acho que peguei gripe.

— Jura? — ela pareceu preocupada.

— É só gripe — insisti. — Deve ter sido friagem.

— Passe na farmácia e faça o teste de covid — aconselhou.

Concordei, mas, obviamente, não passei na farmácia. Quando cheguei a São Paulo eu me sentia tão indisposto, que só queria tomar um banho e me deitar. Naquela noite, por precaução, me mantive longe das crianças e de Carla e dormi sozinho no quarto.

Antes de finalmente pegar no sono, depois de um punhado de analgésicos e de antitérmicos, olhei para o teto e agradeci pelo dia. Certamente, quando amanhecesse, eu estaria melhor.

CAPÍTULO 2

DIA DA INTERNAÇÃO

Eu não melhorei. Pelo contrário, estava pior, com febre, dor no corpo e tosse.

Deixando a teimosia de lado, rendi-me e fui à farmácia fazer o teste rápido de covid-19. Algo em mim dizia que não passava de uma gripe forte, mas o resultado me provou o contrário: eu estava com covid. De todos no departamento que viajaram, eu havia tirado *a sorte grande*.

Como marido de uma médica, passei a ganhar tratamento VIP. Oxímetro no dedo, monitoramento de temperatura, muito líquido e uma boa refeição. Tratei de tranquilizar as crianças, sobretudo Alice, que, por ser mais velha, tinha ficado bastante preocupada com o resultado do teste.

— Não se preocupe, filha. Minha saturação está ótima — falei, indicando o oxímetro, que apontava para 98. — Não sinto falta de ar. Daqui a uns dias, estou ótimo.

O argumento pareceu convencê-la, mas não à Carla. Notava, dia após dia, minha esposa com o semblante mais preocupado e taciturno.

No meu sexto dia de covid, porém, a situação piorara. Minha febre aumentara, trazendo um mal-estar insuportável. Apesar de, pelo meu histórico de saúde, nunca ter me passado pela cabeça entrar em apuros pela covid, naquele momento eu tinha um pressentimento ruim. As coisas não estavam bem.

— Você precisa ir para o hospital — insistiu Carla. Minha esposa se mantivera em estado de alerta desde que lhe dei a notícia de que havia contraído o vírus, e sua preocupação só aumentava ao longo dos dias. De minha parte, a possibilidade de retornar ao trabalho após o prazo estipulado para o final do ciclo da contaminação parecia cada vez mais distante.

Claro, eu tentei tranquilizá-la, mas, naquele dia, Carla não cedera. Diante de sua insistência, aceitei ir ao hospital que o plano de saúde do banco cobria. Dirigimo-nos ao hospital, que, como era de esperar, estava caótico. Boa parte da estrutura fora alocada para atendimento de casos de covid-19 de diversas gravidades, com alas improvisadas devido à falta de leitos.

Felizmente, não demorou para que eu passasse pelo primeiro atendimento. Após constatar a queda em minha oxigenação, foi recomendada a internação para que eu ficasse em observação.

— Mas não há leitos disponíveis de imediato — informou a médica que prestou o primeiro atendimento. — Vamos tentar ajudar o senhor, mas vocês terão que esperar.

Carla, no entanto, não aceitara a recomendação.

— Ele não pode ficar em casa com esses sintomas — disse ela, visivelmente aflita. — Não há nada que se possa fazer?

Prometendo tentar ajudar, a médica solicitou que nós aguardássemos. Eu me sentia muito mal, e estar em um ambiente repleto de pessoas adoentadas e aflitas não ajudava. Mais do que isso: eu estava bastante assustado, pois, pela primeira vez em minha vida, via-me diante de um sério problema de saúde — algo que me fazia lembrar que ninguém, nem mesmo eu, estava acima da finitude da vida.

Mas não estou com falta de ar. Não será nada de mais grave, deduzi. A maior parte das notícias aldeava os problemas respiratórios como sintomas mais graves e angustiantes da covid, e, eu, até aquele momento, me sentia como combalido por uma forte gripe apenas.

Após algumas horas de espera, com vários interlúdios em que Carla se dirigia ao balcão atrás de informações, finalmente haviam encontrado uma solução para meu caso. Eu ficaria em um leito vago disponível no CTI, e, em caso de melhora, seria transferido a um quarto comum ou enfermaria.

— Deve ter gente precisando mais do que eu — protestei, ao pé do ouvido de Carla. Ela então segurou minha mão e me lançou um olhar amoroso, mas firme:

— Você está *precisando*, Rodrigo.

Bom, se havia alguém que tinha lucidez sobre minha real situação, era ela. Resignado, aceitei e começamos os trâmites da internação.

Fui acomodado no quarto e, então, teve início uma série de exames.

Furaram minha veia para aplicação de medicação intravenosa, e minha oxigenação era monitorada constantemente. Também colocaram o cateter de oxigênio na tentativa de aumentar artificialmente meu nível de oxigênio no sangue.

Pelo monitor digital, eu acompanhava os números caírem com o passar das horas — era impossível dormir! Conceitualmente, uma oxigenação ideal varia entre 95% e 98%. Ou seja, a cada 10 ml de sangue, deve haver pelo menos 95% de moléculas de oxigênio. A partir de 93%, é ideal que se procure um médico. Porém, no meu caso, esse valor já apontava 85%, e continuava a cair.

Contei quatro horas angustiantes no CTI — minha cama estava separada das demais apenas por uma divisória feita de cortina — quando um dos médicos veio me ver. Tinha um semblante cansado, cabelo grisalho desalinhado. Os olhos — a única coisa de seu rosto possível de ser vista, já que a máscara lhe cobria boca e nariz — estavam injetados, debaixo dos quais havia olheiras escuras. Me perguntei quantas horas a fio, sem dormir, aquele doutor estava trabalhando, perambulando entre leitos de covid.

— Sr. Rodrigo — ele disse, com voz estranhamente calma —, preciso dizer ao senhor que seu organismo não está respondendo às medicações. Como o senhor se sente?

— Bem, na medida do possível — respondi. O que eu poderia dizer? Ninguém considerado saudável estaria em um CTI. E eu só queria sair dali e voltar para casa.

— Sua febre baixou e seus sinais vitais estão bons. Porém, o que me preocupa é sua oxigenação, que está muito baixa — explicou-me o doutor, me dirigindo os olhos cansados. — Vamos tentar usar a máscara no senhor. Você sabe do que se trata?

Fiz que não. Porém, antes mesmo de ouvir a explicação do médico, senti a aflição aumentar. O que estava acontecendo? Eu corria risco *real* de morrer?

— A máscara de oxigênio será usada para tentar melhorar sua ventilação e otimizar sua oxigenação — começou o médico. — Ela cobrirá praticamente todo o seu rosto, não é muito confortável. Mas nossa esperança é de que o senhor comece a reagir. Está me entendendo?

Meneei a cabeça, afirmativamente.

— Chamamos de ventilação não invasiva, ou máscara de VNI — prosseguiu o médico. — O objetivo é facilitar a injeção de oxigênio em suas vias, ajudar o senhor a melhorar a respiração. Como o senhor está sob efeito de medicação, talvez não esteja sentindo muito desconforto respiratório, mas logo começará a sentir se não melhorarmos sua oxigenação. Também daremos ao senhor um sedativo para relaxar e diminuir a sensação de incômodo. O senhor me entende?

Novamente, respondi afirmativamente. O que eu poderia fazer?

Enquanto me preparavam para a colocação da máscara de VNI, meus pensamentos vagavam entre minha família — Carla, Pedro e Alice — e também meus amigos e minha rotina no banco. Em *flashes*, as imagens de minha sala, minha mesa, de reuniões e planejamentos se sobrepunham à rotina familiar, quando eu voltava para casa, reencontrava Carla após seus infinitos plantões, abraçava meus filhos.

De repente, a angústia me dominou. *Como meus filhos ficariam caso o pior acontecesse?* Tudo transcorreu tão rápido, que não tive tempo de reorganizar as coisas no banco, repassar as responsabilidades aos meus colegas, mandar alguns e-mails importantes ou responder às mensagens de WhatsApp. Minha responsabilidade era cuidar de grandes contas corporativas e de entidades governamentais e autarquias; como meus clientes ficariam sem respostas e orientações?

A pressão das metas e a saudade de minha família se mesclaram em um bolo único de ansiedade, permeada por imagens turvas de rostos que flutuavam sobre minha cabeça.

Em interlúdios de consciência, com o rosto coberto pela máscara VNI, eu percebia que estava sob forte efeito de sedativos. Ainda que tentasse me agarrar à consciência e me manter conectado com o mundo, era praticamente impossível manter-me lúcido.

Quantas horas haviam se passado?

Quanto tempo mais eu ficaria ali?

Em um novo hiato de consciência, escutei a voz de um homem. Um médico, possivelmente.

— Sr. Rodrigo?

Meu corpo estava leve, e minha mente lutava para sustentar um nível razoável de consciência.

DIA DA INTERNAÇÃO

— Sr. Rodrigo?

Mais vozes. Elas se sobrepunham, ecoavam distantes.

— Sr. Rodrigo, precisaremos entubar o senhor. Consegue me entender?

Eu conseguia, mas não podia reagir.

Os rostos sobre mim não passavam de borrões, formas distorcidas.

— Ficará tudo bem, Sr. Rodrigo. O senhor me ouve?

Então, tudo ficou escuro.

CAPÍTULO 3

O AVIADOR

Olá, bom dia! Com relação aos sonhos, que vou começar a descrever abaixo, não são simples sonhos que temos durante à noite e, depois que acordamos, vamos esquecendo durante o dia, e, mesmo que você não acorde com um sentimento bom, isso vai se esvaindo ao passar do dia.

Nesse caso eu tive uma experiência extrafísica do outro lado, enquanto eu estava em coma.

Eu mesmo só percebi que não era a realidade que eu estava acostumado a viver desse nosso lado da vida quando despertei na UTI e minha esposa disse que eu estava há 45 dias em coma. Nessa hora eu me assustei e pensei: — Nossa, então tudo o que eu vivi durante esses dias não foi nessa realidade? Aí eu pirei e pedi para que chamassem logo minhas irmãs para escreverem essas minhas experiências, pois eu tinha medo de esquecê-las.

Ledo engano meu, de alguém inexperiente nesse campo.

Mais de 2 anos após todos esses acontecimentos, eu ainda me lembro de todas as situações e posso descrever, com detalhes, os lugares por onde passei. Os sentimentos que eu tive, naqueles momentos, também vêm junto e muitas vezes eu tenho que mudar meus pensamentos para que isso não me abale durante o dia.

Também, em dias muito difíceis, eu medito e retorno aos lugares onde eu me sentia bem, como quando eu encontrei a avó da minha esposa, Dona Maki. Vou para esses lugares para recuperar minhas energias.

Muitas pessoas não acreditam nessas experiências, mas eu sou uma prova viva de que isso existe.

Eu havia conquistado muitas coisas. Dentro de minha realidade, no meu círculo de amigos, eu era o tipo de homem que havia chegado ao topo do mundo. Mas nada para mim era mais valioso do que estar no ar, sustentado por um par de asas, olhando para os prédios lá embaixo e para as pessoas que, nas alturas, tornavam-se invisíveis.

Enxerguei-me, então, dentro de um terno branco, fino, confeccionado sob medida. As primeiras décadas do século 20 prometiam felicidade e avanço tecnológico, mas o assassinato em Sarajevo do arquiduque Francisco Ferdinando e sua esposa Sofia, a duquesa de Hohenberg, mergulhou a Europa em uma guerra sangrenta.

Conflitos nunca foram assuntos que me interessaram naquela época, ainda que tivesse retornado para casa, nos Estados Unidos, condecorado como herói. O que a mortandade, que se prolongou por quatro anos em território europeu, havia me ensinado é que crise e oportunidade sempre andam juntas — basta saber escolher para que direção queremos olhar.

Engenheiro, aviador e herói de guerra eram apenas títulos. A fonte do real poder e de minha realização sempre esteve no prazer de usufruir as benesses do poder, do exercício de mandar e ser obedecido. Esse era o real poder, não dinheiro ou bens; o medo exercia um efeito incrível nas pessoas, e eu adorava ser temido.

Suspendendo unicamente minha valise, cruzei a passos largos a pista do pequeno aeroporto particular onde um avião construído em metal resistente me esperava. O destino era Paris, cidade pela qual eu não nutria particular preferência, mas cujos governantes me pagaram uma soma satisfatória de dólares para exibir minhas habilidades como acrobata.

O piloto me esperava ao lado da escada que me levaria para o interior da aeronave. Antes de entrar, aprumei-me, passando a mão pelo meu terno branco e ajeitando o nó da gravata. O homem me cumprimentou com um sorriso afável, mas isso não era novidade. Todos *tinham* que ser afáveis comigo, e não o faziam porque me amavam — o que era bom, porque esquivava-me da obrigação de retribuir.

Subi os degraus e ingressei nas entranhas daquele monstro voador. Sentei-me, deixando a valise ao meu lado. Uma atendente bastante atraente, ruiva e de gestos educados, aproximou-se, saindo não sei de onde, e me saudou.

— Posso colocar sua valise no bagageiro, senhor?

Eu não gostava que tocassem em minha valise, muito menos em seu conteúdo. Mas, num gesto de condescendência, assenti, meneando a cabeça.

Visivelmente aturdida diante de mim, a jovem mulher suspendeu a valise, tentando-a encaixar no bagageiro sobre minha cabeça. Porém, sua intenção mostrou-se um total desastre quando o objeto despencou no chão, abrindo seu fecho.

— Idiota! — esbravejei, empurrando-a no momento em que ela, assustada, tentava pegar a espada de lâmina curta que caíra da valise. — Fique longe disso!

A mulher afastou-se alguns passos e eu mesmo encarreguei-me de arrumar tudo. Todavia, antes de voltar a guardar a espada, aproveitei a sensação de tê-la em minhas mãos, segurar seu cabo feito de pedra jade com madrepérola. Um presente de um militar de um país distante, um objeto de *status* e poder. Se o valor em dinheiro podia ser muito alto, o valor emocional e a energia que percorria meu corpo ao segurá-la eram incontáveis.

— Senhor, me desculpe. Eu...

— Apenas suma — eu disse, ainda de joelhos, segurando a espada. — Suma de minha vista.

Quando a mulher desapareceu por completo, guardei a espada e acionei o fecho, trancando a valise.

Acomodei-me em minha cadeira e afivelei o cinto. Seria um voo longo e certamente Paris me receberia de braços abertos para assistir ao meu show aéreo. Até lá, eu precisava descansar.

Eu não podia ouvir, mas conseguia imaginar perfeitamente as pessoas ovacionando minhas acrobacias sobre as construções de Paris. Nas ruas, os espectadores não eram mais do que pontos diminutos, enquanto eu rodopiava minha aeronave pelos céus, realizando manobras cada vez mais arriscadas.

Denise, que cuidava de minha agenda há bastante tempo e era o mais próximo do que eu tinha de uma família, passara a insistir para que eu pegasse mais leve nas acrobacias. Segundo ela, eu não era mais um menino — a meia-idade se aproximava e, apesar de minha situação financeira abastada e do prestígio, eu ainda teria muito a viver sem a necessidade de correr o risco de despencar do céu.

Normalmente, eu ria de suas observações. Somente quem trocou tiros no ar com inimigos, que pilotavam aeronaves melhores do que a sua, e sobreviveu sabe que o risco das manobras acrobatas é meticulosamente calculado, enquanto, na guerra, a única coisa que nos guia é o instinto de sobrevivência.

Iniciei meu último *looping*, traçando um círculo perfeito no céu antes de aprumar o avião e iniciar o processo de aterrissagem. Conforme a terra se aproximava, os braços erguidos dos espectadores se destacavam em meu campo de visão. Eu estava sendo ovacionado. Bandeirolas da França e dos Estados Unidos mesclavam as cores vermelho, branco e azul entre aqueles que vieram me ver.

Como despedida, arrisquei um voo rasante, levando todos ao delírio.

Poder. Quem bebe desse néctar, não pode apreciar mais vinho algum, certa vez uma pessoa me disse. E, de fato, ela tinha razão. Nem o vinho, tampouco o dinheiro, substituíam a sensação de ter o mundo a seus pés.

Pilotei em direção ao hangar e aterrissei de modo tranquilo. Um grupo de homens em ternos me aguardava, possivelmente os mecenas que custearam meu espetáculo.

Retirei a proteção dos olhos e, pegando a valise, saltei do avião. Desde que ganhara aquela espada, criara o hábito de tê-la comigo em todas as apresentações. Tão logo minhas botas bateram sobre o asfalto, me vi cercado por aquelas pessoas, que aplaudiam.

Cocei entre os olhos, estreitando a visão. Minha vista estava turva, e me sentia bastante cansado.

— Parabéns! Maravilhoso, *monsieur*! Foi realmente *étonnante*! — o homem gordo de terno escuro aproximou-se, batendo palmas. Tinha os cabelos negros repletos de gomalina e um bigode farto e bem-cuidado.

— Obrigado — murmurei, incomodado com tanta proximidade. Ao dar os primeiros passos, senti minhas pernas quase cederem.

— O senhor está bem? O que fez no ar foi incrível, *monsieur* — o homem seguiu com a tagarelice. — As pessoas adoraram!

— Estou bem, não se preocupe — falei, cumprimentando aquele sujeito persistente.

Eu desejava ir para o hotel e retornar aos Estados Unidos o mais rapidamente possível, e essas foram minhas diretrizes assim que consegui aprumar os pensamentos. No carro, durante o caminho pelas ruas em direção ao hotel, afundei-me no banco de trás, tomado por um profundo mal-estar. Uma insistente pressão em meu peito tornava difícil respirar.

O chofer estacionou em frente ao luxuoso hotel e desci com minha valise. Precisava de um banho e de descanso. Talvez Denise tivesse razão. Eu tinha que maneirar nos movimentos da acrobacia. Pensaria nisso assim que retornasse ao trabalho.

A aviação e os shows acrobáticos eram, para mim, apenas luxos para exercitar meu ego. De fato, desde que retornara da guerra, dedicava-me ao trabalho como engenheiro-chefe no desenvolvimento de armas. Meus préstimos (custosos) eram usados por uma empresa familiar com histórico na indústria armamentista. Se alguma tecnologia especial foi usada para dizimar os nativos do meio-oeste norte-americano, *certamente* tinha algum dedo deles.

Após o banho e uma ceia fugaz, mergulhei na cama, tentando dormir. Mas meu sono foi povoado por pesadelos, em que todo meu corpo era dominado pela angústia de voltar para a casa, ainda que não soubesse exatamente onde isso seria. Desde a guerra, eu não possuía uma casa, um lar, mas um local no qual acumulava minhas coisas — muitas delas meramente símbolos de poder.

Quando acordei, me sentia péssimo. A pressão sobre o peito piorara, e me era extremamente difícil respirar.

Ainda assim, não comentei sobre meu estado com ninguém. O carro me levou ao aeroporto, onde peguei meu voo em direção à América. Adormeci quase a viagem toda, de modo que acordei quando as rodas da aeronave tocaram a pista.

— Para onde vamos, senhor? — perguntou o motorista, que me esperava ao lado do Ford preto. Ele, assim como o pequeno aeroporto, o hangar e tudo, estava a serviço de meus empregadores.

— Para o trabalho — falei.

— O senhor não me parece bem — ele observou.

Então, algo estranho aconteceu. A roupa do solícito motorista, outrora negra, tornara-se branca.

— Como? — murmurei.

— Senhor? — ele me lançou um olhar inquisitivo. — Tudo bem?

Não, não estava.

Sem nada dizer, entrei no carro e segui em silêncio em direção ao enorme galpão onde operava a fábrica que estava sob minha gestão. Trabalhávamos, sob encomenda do governo, em um tipo de nave anfíbia de pequeno porte, mas ainda havia muito a ser feito. Os primeiros testes, apesar de promissores, se mostraram falhos. Debaixo d'água, sob a pressão, quase morremos todos devido a falhas imprevistas no sistema. Se não fosse o jovem assistente que estava ao meu lado nos testes, certamente eu não estaria aqui. Aquele rapaz, cujo nome eu desconhecia, me salvara a vida.

A sensação de culpa por ter falhado me consumia por dentro. Eu não estava acostumado àquela sensação. Passei pelos corredores de vidro no fundo do mar; andava rápido, pois não me aguentava com aquela sensação.

Cruzei o grande saguão de entrada da fábrica em direção à minha sala. As pessoas me cumprimentavam e me perguntavam sobre a exibição de Paris, mas eu não conseguia compreender suas palavras. Entrei em minha sala e fechei a porta. Eu me sentia muito mal. Atrás de minha mesa, tentei recobrar o controle do meu corpo, de minha respiração.

Vou morrer.

Assustado, corri em direção à porta. Segurei a maçaneta com força, tentando me equilibrar. Abri a porta, colocando o corpo para fora.

— Me ajudem! — gritei. — Preciso de um médico!

Notei as pessoas começarem a me cercar. A expressão delas não era de preocupação, mas de hesitação. Era como se não soubessem o que fazer ao me ver mal. Porém, nenhuma delas demonstrava qualquer empatia ou carinho.

— Chamem a droga de um médico! Exijo um médico agora, aqui! — berrei.

Levei a mão ao peito. A dor era insuportável. Respirar tornara-se um fardo.

— Senhor? — uma voz ecoou em meu ouvido. — Senhor?

E não conseguia falar, por mais que quisesse.

— Senhor? Está me ouvindo?

Eu estava cercado de vultos. Mas não conseguia falar, muito menos me mexer.

Vou morrer. Vou morrer.

Esse era o pensamento que martelava em minha mente sem cessar.

De repente, me senti a pessoa mais solitária do mundo. Ali, estendido no chão da fábrica, eu não sentia qualquer toque, qualquer manifestação de carinho.

Minha espada.

Nem ela estava ao meu lado. Tampouco me dera sorte alguma. Eu morreria e não veria as glórias, a riqueza. O que as pessoas diriam? O que falariam sobre mim?

A imagem dos rostos das pessoas que observavam meu suplício voltou. Elas não me amavam. Me temiam apenas. Talvez, ou muito provavelmente, ficariam aliviadas de me ver morto.

Quem sou eu, afinal?

Diante da angústia de estar à beira da morte, eu senti medo. Pavor. Temia a morte; e, na mesma medida, eu temia o fato de ser *ninguém*.

CAPÍTULO 4

DORES

Acordei em um tipo de hospital.
Havia tubos e fios ligados ao meu corpo, e a dor que eu sentia era insuportável.

Após um sono conturbado, acordei com uma mulher em pé ao lado de minha cama.

— Seja bem-vindo — ela disse, solícita. — Como o senhor está se sentindo?

Como estava me sentindo? Péssimo, é claro.

— Se eu estivesse bem, não estaria neste lugar. O que estou fazendo aqui? — perguntei, de modo ríspido.

— O senhor teve um sério problema de saúde e precisa de cuidados — ela respondeu sem tirar aquele maldito sorriso do rosto. — O doutor está chegando para ver o senhor.

— Doutor? Quem é ele? — fiz menção de me levantar e sair da cama em que estava, mas a dor era intensa. Meu peito ardia e eu não conseguia respirar.

Foi quando um homem vestido inteiro de branco entrou no recinto.

Tinha traços orientais e estampava o mesmo sorriso solícito da mulher que me acolhera.

— Olá — ele me cumprimentou.

— Exijo que me tire daqui! — retruquei.

— Infelizmente, não posso fazer isso. O senhor não está bem e estamos apenas iniciando seu tratamento — ele respondeu, com calma. — Quer saber mais sobre seu estado?

— Eu quero sair desta cama e voltar para casa — falei e, em seguida, puxei o ar. Meus pulmões queimaram.

— É sobre isso que eu queria falar, senhor — o homem de traços orientais me disse. — O senhor ficará aqui o tempo que for necessário. E pode ser *muito* tempo, acredite. Mas eu estarei ao seu lado em toda esta jornada.

Rendido, recostei-me na cama.

— Ótimo! — o homem falou. — Quanto mais o senhor relaxar, melhor. Agora, pode me escutar?

Fiz que sim, meneando a cabeça.

— Excelente! Vamos cuidar do senhor, como expliquei — a voz do homem era calma, quase solene. Ele me tratava com respeito, mas não obedecia às minhas ordens. Era a primeira pessoa, há muito tempo, que não fazia o que eu mandava. — Teremos que colocar um equipamento especial no senhor. É semelhante a uma máscara, mas irá abranger todo o seu rosto e boa parte de sua cabeça. Irá notar que conseguirá respirar melhor. Também é uma forma de induzir um pouco de conforto ao senhor.

Eu não estava compreendendo nada daquilo.

Alguns homens, igualmente de branco, entraram no quarto trazendo um tipo de capacete fechado na frente. A parte que cobria meu rosto era transparente, e, ao colocarem aquele objeto em mim, senti uma forte pressão na cabeça.

— Está doendo, senhor?

Apenas sinalizei com a cabeça, dizendo que sim. Doía muito.

— Tente mentalizar pensamentos positivos. Coisas boas. Sua família, por exemplo.

Minha família. Qual família? Há quanto tempo eu não pensava sobre minha própria vida? Minha rotina consistia em dar ordens, ser obedecido, temido. Trabalhar em meus projetos, construir armas e pilotar aviões. Estar no ar era algo que eu realmente amava. Mas o que havia além disso?

— É difícil pensar com este troço — respondi.

— Eu sei. Mas o exercício é esse mesmo. O senhor tem que se esforçar, senão não poderá sair daqui.

— E quanto tempo isso durará?

— O tempo que for necessário — o oriental me respondeu, sem pestanejar. — Mas, como disse, eu estarei ao lado do senhor nessa jornada. Não se preocupe. Porém, tem que fazer o que digo; direcione seu pensamento para coisas positivas, controle seus pensamentos. Pense em amor, em coisas boas.

Amor, coisas boas. Que bobagens eram aquelas?!

— Eu não consigo...

— Tenho fé no senhor, então deve ter fé em si mesmo também. Em breve eu retornarei, senhor. Até lá, faça seus exercícios.

O oriental saiu do recinto, me deixando só com aquela *máquina* estranha na cabeça. Naquele momento, além do meu peito, minha cabeça também doía. A pressão em meu crânio era tanta, que me fez esquecer do problema respiratório.

Tente mentalizar pensamentos positivos. Coisas boas. Sua família, por exemplo.

Balela! Aquelas eram coisas que enfraqueciam um homem. Onde estava minha espada? Meu avião? Eu queria voar e dar o fora dali, mas, quanto mais resistia, mais minha cabeça doía.

Quando o zumbido em meus ouvidos começou, eu tive a certeza de que não iria aguentar. Ia morrer.

Então, fechei os olhos e me entreguei.

Que seja! Pelo menos toda essa dor acabará logo!

Como eu estava errado! Tudo aquilo estava apenas começando. Nisso, o oriental estava certo. Era o primeiro passo de uma longa trajetória.

CAPÍTULO 5

A TRIBO E O VITRAL

Eu não tinha certeza sobre onde estava. Parecia uma colina, sobre a qual eu podia ver uma tribo. O território se estendia por uma ampla planície e, bem ao centro da minúscula povoação, via um colorido vitral no chão. Nele estava desenhado um felino, que deduzi ser uma onça multicolorida.

— O senhor se sente melhor? — perguntou a voz que estava às minhas costas. Virei-me e topei com o oriental que estivera comigo no quarto.

— O que faz aqui?

— Eu falei que ia acompanhar o senhor nesta jornada — ele respondeu, sorrindo.

— Sim, falou... — murmurei. — Mas não sei se estou acordado ou sonhando. Ou se você existe, ou não. Essa tribo...

— O fato de ser verdade ou não é o que menos importa neste momento — o oriental tinha os dedos entrelaçados e as mãos às costas. — Notei que estava observando o vitral. O que o senhor achou?

— Bonito — respondi. — Mas tem um problema.

— E qual é?

Virei-me em direção à planície e apontei para o centro da tribo.

— Note. Falta um pequeno pedaço naquele vitral.

— E onde o senhor acha que está? — perguntou o oriental, parando ao meu lado.

— Não sei.

— Certeza? — ele me encarou. — Pense bem.

Tateei minha roupa e enfiei a mão em meu bolso. Havia um pedaço colorido de vidro comigo, ainda que não tivesse notado aquilo até então.

— O senhor deve devolver isso à tribo para completar o vitral — disse o oriental. — O que acha?

— Eu posso fazer isso. Não tem problema.

Em silêncio, descemos a colina em direção à tribo. As casas, construídas de modo semelhante a ocas, foram ficando mais próximas conforme avançávamos.

— Daqui o senhor pode ir sozinho. Vá e coloque o pedaço do vitral em seu lugar.

Assenti. Entrei nos limites da tribo e caminhei em direção ao vitral. Porém, conforme avançava, notei pessoas, homens e mulheres, deixando suas casas e caminhando em direção ao vitral. Um depois do outro, começaram a formar um semicírculo ao redor da estranha arte, impedindo minha aproximação.

— Vim para devolver isso! — bradei, erguendo o pedaço do vitral que estava comigo.

A fisionomia das pessoas não era amistosa. De repente, fui tomado pelo temor.

— Não quero problemas. Isso pertence a vocês — voltei a erguer o pedaço de vidro colorido à altura dos olhos daquelas pessoas. — Vou devolver para o vitral e vou embora.

Não tive tempo de dizer mais nada. Rapidamente, aquelas pessoas estranhas avançaram sobre mim, atacando-me. Entre chutes e socos, fui levado ao chão. Minha única resistência era proteger minha cabeça dos pontapés furiosos.

Quando eu estava prestes a desmaiar, alguém gritou para que parassem. Ergui os olhos, com o corpo inteiro machucado. Certamente, havia quebrado um punhado de ossos.

O homem que gritara falava um idioma que eu não compreendia, mas aparentemente ele era bastante respeitado. As pessoas pararam de me surrar e, após algumas palavras mais, um grupo de homens me carregou para o interior de uma das ocas. Fui colocado no chão e deixado ali, sozinho.

Sentia forte gosto de sangue na boca. Todo o meu corpo estava gravemente ferido.

— O senhor está bem? — o homem oriental surgiu na porta da oca. Passo após passo, ele entrou e caminhou em minha direção.

— Socorro... — murmurei, com a força que me restava.

— Eu vou ajudá-lo.

— Por que... por que fizeram aquilo comigo?

O oriental sorriu e meneou a cabeça.

— Um dia, o senhor descobrirá.

Toquei o bolso da calça; o pedaço do vitral ainda estava comigo.

— Preciso devolver isso... — falei, com um fio de voz. Sentia que estava prestes a desmaiar.

— O senhor fará isso. Mas não hoje. Não agora. Por ora, descanse.

Assenti. Só queria fechar os olhos e dormir.

Embalado por uma estranha sensação de torpor, meu corpo pareceu flutuar. Quando abri os olhos novamente, não estava mais no interior da oca, mas em um quarto de paredes laranjas. Luzes muito fortes piscavam, ofuscando minha visão. A pressão na cabeça retornara, e logo parecia que estava usando aquele capacete estranho mais uma vez.

— Onde estou?

Ninguém respondeu. Havia vultos ao redor de minha cama e eles proferiam vários xingamentos. Todos dirigidos a mim.

— Fiquem longe! — gritei, tentando levantar. — Saiam daqui!

Os vultos sossegaram apenas quando o oriental apareceu. Ele ainda trajava branco, como um médico genuíno.

— Quem são esses vultos?

O oriental parou ao lado de minha cama, mas não me respondeu.

— Tive um sonho estranho. Estava em um tipo de tribo. Você estava lá. Havia um vitral muito bonito não chão, bem no centro da tribo, mas fui agredido quando tentei devolver isto a eles — tateei o bolso da calça, mas não havia sinal do fragmento de vidro que estava comigo. — Onde está o pedaço do vitral?

O oriental pousou a mão sobre meu ombro.

— O senhor fez uma pequena viagem. Apenas isso. Agora, precisa dormir. Eu cuidarei para que os vultos não se aproximem, mas o senhor precisa se esforçar.

— Como? Minha cabeça está voltando a doer...

— Mentalize coisas boas. Mentalize amor. Mudamos o senhor de sala; não está mais no primeiro quarto. Este é um espaço de tratamento e ajudará na sua recuperação.

Naquela vez, eu não retruquei. Estava fraco e desanimado. Não aguentava mais sentir dores.

Paulatinamente, aquela geringonça que havia sido colocada em minha cabeça e em meu rosto foi surtindo um pouco de efeito. Meu corpo relaxou, até que mergulhei em um sono mais tranquilo.

CAPÍTULO 6

QUARTO DE ENSINAMENTOS

Para minha frustração, ao abrir os olhos, eu ainda estava naquele quarto laranja com luzes brilhantes. Havia algumas pessoas ao redor de minha cama e pareciam cuidar de mim. Cada vez que fechava e abria os olhos, eu rezava para que tudo aquilo não passasse de um pesadelo. Eu me sentia perdido em mim, como se tivesse mergulhado em um abismo e flutuasse em um vazio de incertezas, vagando por uma vida que, algo me dizia, não era minha.

— Vamos tirar isto aqui um pouco, senhor — disse uma mulher de branco. Com habilidade, ela desconectou alguns cabos e removeu a máscara que cobria meu rosto e a estrutura que se assemelhava a um capacete e pressionava minha cabeça a ponto de me provocar náuseas. — Está melhor assim?

— Bem melhor — respondi. Então, como se uma sensação estranha me preenchesse, completei: — Obrigado.

Eu não estava acostumado a agradecer. Passara tanto tempo sendo obedecido que, naquele momento, estar prostrado numa cama, num lugar estranho, cercado de gente desconhecida cuidando de mim era ao mesmo tempo humilhante e vulnerável. Será que tinha sido a isso que aquele homem oriental se referira? O tal aprendizado de que ele falara?

Ergui um pouco o pescoço, o suficiente para que minha cabeça não doesse. O oriental surgiu por trás da mulher de branco, com o mesmo sorriso de sempre.

— Vejo que o senhor está se sentindo melhor.

— Não muito — falei. — Mas só tirar essa coisa de minha cabeça já ajuda.

— Vamos dar uma volta? O que acha?

Eu daria qualquer coisa para sair dali, de modo que não hesitei em aceitar.

— Ótimo! Vamos ajudá-lo a se sentar nesta cadeira — enquanto o homem falava, outro sujeito, vestido tal qual um enfermeiro, chegava empurrando uma cadeira de rodas. — Daí, poderemos passear um pouco.

Foram necessários três homens fortes para me tirar da cama e me colocar na cadeira. Todo o meu corpo doía e eu não conseguia mexer as pernas.

— Faz muito tempo que o senhor está deitado. Por isso, não consegue mexer direito as pernas. Além disso, está fraco. Tente não se esforçar muito.

— Quanto tempo mais ficarei aqui? — perguntei, ajeitando-me sobre a cadeira.

— O necessário — o oriental colocou-se atrás de mim e começou a empurrar a cadeira para fora da sala laranja. Eu estava farto de respostas evasivas, mas me era impossível sair dali no meu estado. Eu mal conseguia me mexer!

Fui levado por um corredor estreito. Ao contrário da sala, o lugar era escuro e me deu arrepios. Pessoas, mulheres e homens passavam por nós, indo e vindo, esgueirando-se junto às paredes.

Muitos me encaravam com nojo ou raiva. Outros olhavam para mim de soslaio, como se sentissem medo.

Ao final do corredor, passamos por uma porta que levava a um jardim muito bonito. Do lado de fora fazia sol e os raios pareciam bailar entre a vegetação e as flores coloridas.

— Me fale um pouco do senhor — pediu o oriental, parando de empurrar a cadeira. Estávamos debaixo de uma árvore frondosa.

— Não há muito o que falar sobre mim — eu disse.

— Todos temos o que dizer sobre nós, oras! — ele sorriu.

Dei de ombros.

— Acho que nunca tive que falar muito sobre mim, porque quase todo mundo sabe quem eu sou. Aliás, me surpreende que o senhor não me conheça.

— Eu deveria? — ele franziu o cenho.

Bufei. Aquele sujeito era difícil de lidar e, naquele momento, eu era como uma espécie de cativo em suas mãos.

— Eu lutei na guerra. Fui condecorado como piloto de avião — eu disse. — Matei muita gente. Inimigos, quero dizer. Na guerra, quando se mata e não se volta morto para casa, você é condecorado como herói. Esse sou eu.

Depois de um silêncio, prossegui:

— Depois da guerra, entrei para o segmento de desenvolvimento de armas. Projeto e coordeno equipes que criam o futuro dos armamentos. Coisas que podem ser usadas para salvar ou destruir, dependendo das mãos que as usam.

— E o senhor não se importa?

Girei o pescoço para encará-lo.

— Com o quê?

— Com o uso que será feito das armas que o senhor ajuda a criar. O senhor disse que elas podem proteger ou salvar, mas não se importa com a finalidade? Se elas matarão pessoas ou as salvarão?

Dei de ombros.

— É o que as armas fazem. Por exemplo, uma faca de pão. Ela pode ser usada para passar manteiga ou para matar alguém. A faca em si não é o problema. São as pessoas.

— Então, de qual lado o senhor gostaria de estar? De quem quer passar uma geleia em uma torrada, ou tirar a vida de alguém usando uma lâmina?

Eu nunca havia pensado sobre isso. Na verdade, até aquele momento, pouco me importava.

— Não sabia que havia um lugar assim aqui — eu disse, tentando mudar de assunto. — Este jardim é muito bonito, ao contrário daquela sala angustiante e daquele corredor horrendo. Quem eram aquelas pessoas? Aquelas que tentaram me agredir quando cheguei, e aquelas com quem cruzamos agora há pouco no corredor?

O oriental suspirou profundamente.

— Pessoas podem ser como armas, senhor. Como as armas que o *senhor* cria — falou. — Elas podem ser fontes incondicionais de amor, de cura. Podem nos fazer sentir melhor com um abraço, amados com um beijo, perdoados ao limparem nossas lágrimas. Ou, como o senhor mesmo disse — o homem oriental estendeu o braço em direção ao enorme jardim e às flores que estavam à nossa volta —, destruir tudo isto aqui num piscar de olhos por puro ódio.

Senti um bolo se formar na garganta.

— Eles... digo, aquelas pessoas... elas têm ódio de mim? É isso que quer dizer?

Ele não respondeu. Apenas voltou a sorrir.

— Olha aqui, seu... — falei, enfurecido. — Pare com esse joguinho. Quero saber onde estou e por que está fazendo isso comigo. Por que tenho que ficar aqui, por que estou doente e quem são essas pessoas e esses vultos que querem bater em mim! Eu não fiz nada!

O oriental não reagiu. Apenas direcionou o olhar para a paisagem e permaneceu alguns segundos contemplativo. Quando decidiu falar, perguntou-me:

— O senhor se sente mesmo melhor?

— Quero dar o fora desse lugar e voltar para meu país! Para as pessoas que me amam!

— Pessoas que amam o senhor? — ele me perguntou, com estranheza.

Novamente, engoli em seco. Senti-me sozinho, como nunca havia estado.

— Vou fazer um trato — ele disse, caminhando ao redor da cadeira. — Se o senhor está mesmo melhor, aceita então o risco de descobrir parte da verdade? Será apenas uma fresta, erguerei um pouquinho do véu que, neste momento, cega totalmente o senhor. E, então, seguir adiante será uma escolha sua.

— Minha escolha?

— Sim, claro! — ele sorriu. — Sempre temos escolha. Inclusive a *morte*. Então, aceita?

Eu estava com medo. E, obviamente, estava bastante doente. Mas não iria voltar atrás.

— Fechado — respondi.

— Ótimo! — o homem lançou-me um sorriso mais largo e começou a empurrar minha cadeira.

— Para onde vamos?

— Aprender uma lição importante, senhor. *Muito* importante. O senhor mesmo aceitou o desafio, correto?

— Claro que aceitei! — murmurei. — Seja lá o que for que tem para me mostrar, não pode ser tão ruim.

— Se é ruim ou não — o oriental disse, enquanto cruzávamos o campo florido em direção a uma casa bem grande, branca, construída em estilo colonial —, logo o senhor vai decidir. Mas lembre-se: sempre temos uma escolha.

Paramos diante da pequena escadaria que dava acesso à varanda da casa.

— Pronto — disse ele. — A partir daqui, o senhor entrará sozinho.

— Mas que negócio é esse? Não posso andar, você sabe!

— Quem sabe andar ou não também não seja uma escolha, senhor? Mas é melhor se apressar.

Às nossas costas, vozes que mais pareciam urros e ganidos foram se tornando mais fortes. Olhei sobre os ombros e notei uma turba de pessoas correndo em nossa direção.

— Pelo amor de Deus!

— Se o senhor não se mexer, haverá problemas — disse o oriental, assustadoramente calmo.

— Vai me deixar morrer?!

— O senhor não morrerá, se se mexer. Não foi essa a escolha?

— Você quer me matar!

— Eu, não! De modo algum. Eu quero curar o senhor. Mas é melhor se apressar.

Usando os braços, suspendi o corpo o bastante para me lançar ao chão. O baque contra o solo me causou uma dor inacreditável.

Arrastando-me na grama, ergui o tronco até vencer o primeiro degrau; fiz o mesmo com o segundo e o terceiro, até rolar sobre as tábuas da varanda.

— Agora, abra a porta e entre — disse o oriental. — Eles estão se aproximando.

Tomado pelo pavor, arrastei-me até a porta pintada de branco e segurei a maçaneta. Suspendi novamente o corpo, usando meu peso para fazer a maçaneta se mover e a porta abrir. Repentinamente, fui dragado para o interior da casa, caindo com o rosto sobre o chão. Ao erguer os olhos, notei que, diante de mim, havia um campo de batalha. Toda a casa, assim como a porta, havia desparecido. Porém, os gritos enfurecidos das pessoas do outro lado, e as batidas fortes de seus punhos contra a madeira da porta, eram perfeitamente audíveis.

— Onde estou? — perguntei a mim mesmo. Estava sozinho, sujo e com dores, isolado em um campo de batalha onde jaziam homens e cavalos mutilados.

Então, alguém se aproximou. Um jovem que segurava um cavalo branco e bem-cuidado pelas rédeas. Usava um traje de batalha, e parecia ter saído de um filme das cruzadas.

— Está tudo bem, mestre? — ele me perguntou, com honesta preocupação.

CAPÍTULO 7

QUANDO O APRENDIZ ENSINA SEU MESTRE

Minha visão estava turva, mas eu podia reconhecer aquela voz facilmente. O jovem me suspendeu pelo braço, ajudando-me a ficar de pé.

— Guardei sua espada, mestre — disse ele, retirando uma espada, ainda na bainha, da cela do animal. — O senhor nunca se separa dela.

Segurei aquele objeto e imediatamente reconheci o cabo cravejado de pedra jade e madrepérola. Era a mesma espada que sempre estivera comigo em minhas viagens e acrobacias. Mas como ela podia estar com aquele garoto?

Retirei a espada da bainha e observei a lâmina.

— Está tudo bem, mestre?

Eu estava confuso; muito confuso.

— Eu... não me lembro de nada — falei. — Como vim parar aqui?

— O senhor não está me reconhecendo? Não se lembra do que houve?

Fiz que não.

— Estávamos em batalha contra os inimigos da Casa dos Távora, senhor. Inimigos do rei. Eles nos cercaram em emboscada, muitos dos nossos morreram. O senhor sabe que há muitos que conspiram contra a Casa dos Távora na Corte, mestre. Mas o senhor lutou bravamente até ser atingido e cair da montaria. Vim ajudá-lo.

Sacudi a cabeça, na tentativa de acordar daquele sonho. Ou seria um pesadelo? Por mais que as coisas que o jovem me dizia fossem totalmente sem sentido, eu o reconhecia perfeitamente. Era o mesmo rapaz, um de meus assistentes, que salvara minha vida no teste da nave anfíbia.

Após terminar seu relato, o jovem deu-me as costas e caminhou para longe de mim. Eu notei algo estranho em seu comportamento; a euforia inicial de ter-me visto e ajudado desparecera, dando lugar a um desapontamento genuíno.

— Ei! — chamei. Ele me encarou por sobre os ombros. — Eu não sei ao certo o que está havendo aqui, mas, de todo modo, muito obrigado. Eu não lhe agradeci da outra vez também, e isso não é certo.

A estranheza no olhar do rapaz deu lugar ao assombro.

— Mestre, o senhor está me agradecendo?

— Sim, estou. *Acho* que estou — respondi, estranhando meu comportamento. Seja nessa realidade, ou na outra, agradecer não era algo de meu feitio.

Então, ele sorriu. Um sorriso tímido, mas genuíno.

— As pessoas que você diz que queriam me matar... Sabe quem são? — perguntei.

— Inimigos, senhor. Muitos.

— E como faço para me livrar deles?

— O senhor sempre lutou, mestre. É bom nas batalhas.

Apoiei-me no cavalo, sentindo minhas pernas cederem. Meu estado de saúde estava piorando.

— Pode me ajudar novamente? Não consigo ficar em pé — eu disse.

O jovem me segurou, colocando meu braço ao redor de seu pescoço.

— O senhor está ferido?

— Acho que sim — falei.

— O que mais posso fazer pelo senhor, mestre?

Eu não sabia o que responder. Tudo o que eu queria era melhorar. Sair daquele pesadelo. Por que o homem oriental havia me levado para aquele lugar, para aquela realidade? Afinal de contas, o que estava havendo?

— O senhor precisa voltar. Voltar para de onde veio.

Lembro-me da porta pela qual havia passado e que tinha me levado àquele campo de batalha.

— Não posso. Pessoas ali querem me machucar.

— O senhor nunca teve medo.

— Mas agora, de algum modo, eu tenho — confessei. — Muito medo.

Eu tinha medo de morrer.

Foi naquele exato momento que escutei uma voz me chamar. Não sabia de quem era, ou de onde vinha, mas sem dúvida alguma alguém chamava meu nome em alto e bom som.

— O senhor precisa voltar, mestre — insistiu o jovem.

— Você me desculpa pelas vezes que não lhe agradeci?

Ele meneou a cabeça, afirmativamente. Pelo menos aquele jovem tinha me perdoado, e isso era bom.

— Como retorno? Como volto para o lugar de onde vim?

— Feche os olhos, mestre. E, logo, estará em casa. Siga a voz que chama pelo senhor e deixe-se guiar.

Foi o que fiz.

Fechei os olhos com força e deixei a voz me puxar para outra realidade. Mentalmente, eu seguia o som, ainda que não conseguisse responder. Luzes fortes começaram a espocar, alternando-se entre o brilho intenso e a escuridão.

Fique comigo, bradou a voz. *Está me ouvindo?*

Eu não conseguia responder. Sentia como se estivesse em uma vida que não me pertencia, numa realidade em que meu eu se desfazia aos poucos, enquanto meu corpo era guiado para algum outro lugar que, presumia, era minha verdadeira casa.

Não vou abandonar você. Precisa lutar. Fique comigo! Está me ouvindo?, insistiu a voz.

Quando finalmente abri os olhos, eu estava de volta ao campo florido.

O homem oriental estava em pé ao meu lado, observando tranquilamente meu corpo estendido no chão.

— O senhor voltou. Está tudo bem? — ele perguntou.

— Meu corpo... eu não consigo respirar... sinto dores insuportáveis. Não quero mais isso! — murmurei.

O oriental ajudou-me a me sentar e, depois, me puxando pelo braço, colocou-me na cadeira de rodas.

— O senhor fez a escolha certa, finalmente — ele disse. — Escolheu a gratidão em vez da arrogância. Acho que está aprendendo.

— Pode ser... — falei, com um fio de voz. — Mas não quero mais isso. Já chega. Seja o que for, prefiro morrer a continuar assim.

O oriental meneou a cabeça. Com as mãos às costas e dedos entrelaçados, me disse:

— Se é o que quer, não posso impedi-lo. Temos todos o livre-arbítrio — falou. — Mas, antes, há um último lugar que o senhor deve visitar. Depois, a decisão de se render ou ficar será totalmente sua. Prometo que não vou intervir.

— Haverá mais pessoas querendo me bater ou me matar? — perguntei, com medo.

— Não, em absoluto! Lá o senhor terá paz. Paz para decidir seu destino.

Por fim, aceitei.

Em silêncio, ele me conduziu pelo campo. Flores de todos os tipos e cores se alternavam diante dos meus olhos. Era tudo maravilhoso, eu desejava ficar ali para sempre. Mas sabia que, mesmo em meio a toda aquela beleza, havia aqueles que me queriam destruir. O que eu tinha feito a eles, afinal?

— Ali! — o homem apontou para uma construção antiga de pedra, semelhante a um mosteiro. — Ali o senhor poderá decidir seu destino.

— O que é aquele lugar?

— Logo o senhor saberá.

Recostei-me na cadeira e me deixei ser conduzido.

Eu sabia que minha vida estava chegando ao fim. Logo eu iria morrer.

CAPÍTULO 8

DECISÃO

As ruínas pareciam ter pertencido a um antigo mosteiro medieval. Tudo ali era bonito e, ao mesmo tempo, triste. Havia uma sensação de solidão extrema em todas aquelas pedras enormes e na grama que insistia em crescer nas frestas das paredes que, noutros tempos, deviam ser suntuosas e imponentes.

Assim que entramos na construção, notei que partes do teto faltavam. Foram levadas pelo tempo ou corroídas por guerras. Certamente, nada daquilo pertencia à minha época.

— Está admirado com o lugar, senhor? — perguntou-me o oriental, fazendo com que eu voltasse a mim.

— Sim, um pouco. Tudo aqui deve ter sido majestoso um dia.

— E o que o senhor aprende com isso?

— Não entendi — franzi o cenho e, em seguida, puxei o ar com força. Estava cada vez mais difícil respirar.

— É possível aprender uma lição com quase tudo o que vivemos ou com aquilo que nossos olhos veem — ele seguiu. — Basta querermos enxergar de verdade. Seus olhos veem ruínas que, outrora, foram esplendorosas. Assim também são as coisas da vida... e nós mesmos. Não importa quão alto cheguemos, senhor, tudo um dia tem um fim.

Assenti. Mesmo com todas as minhas conquistas e meu poder, eu sentia que meu fim também estava próximo.

— O que vemos, hoje, aqui neste lugar de ruínas, são resquícios de um esplendor que não existe mais. Ainda assim, tanto o senhor como eu podemos apreciar o passado observando o presente, o que a história nos deixou. Ou seja, o *legado* do tempo.

Subimos uma espécie de rampa de pedra até o segundo andar da construção. Havia um odor de algo envelhecido no ar, um cheiro acre, como vinho avinagrado e madeira úmida.

— Falta muito para chegarmos? Estou cansado. Não aguento mais — reclamei.

— Na verdade, já chegamos.

O homem oriental parou diante de uma grande parede, na qual havia uma porta de madeira maciça e pesada, tão antiga quanto tudo mais naquele lugar.

— O que o espera está atrás daquela porta, senhor — ele disse. — Vamos adiante?

— Sim. Só quero acabar logo com isso — afirmei.

Ele empurrou-me na cadeira através da porta. Dentro, havia uma sala praticamente vazia, senão por uma mesa antiga de carvalho. Atrás dela havia uma mulher sentada à cadeira. Sua expressão era de agonia.

Carla?

— O senhor a reconhece? — perguntou o oriental.

Eu não sabia como, mas, sim, eu a reconhecia. Era Carla. Minha esposa. Mas eu não era casado; nunca tivera tempo para construir uma família, e, ao longo dos anos, conquistas, poder, dinheiro e arrogância me preencheram a contento. Pelo menos fora o que sempre supus.

Porém, eu sabia quem era aquela mulher. Havia uma ligação entre nós.

— Sim, eu a reconheço — respondi, ofegante. — Mas eu não entendo como...

O homem aproximou a cadeira de rodas da mesa de carvalho. Havia lágrimas nos olhos de Carla; ela me fitava em silêncio, como se esperasse que eu dissesse algo.

— Carla...

— Então você veio? — ela perguntou, limpando as lágrimas antes que escorressem pelo rosto.

— Eu não... eu não sei como...?

— Tudo o que está acontecendo com o senhor, nesta realidade, ou na outra, é uma decisão, senhor. Por pior que a situação pareça, desde o começo a escolha sempre foi sua — disse o oriental, às minhas costas.

Então, eu me lembrei. Lembrei do rosto dos meus filhos, do amor de Carla. Do dia em que nos conhecemos e de nossos primeiros encontros, quando eu deixava o bairro do Butantã, onde morava, e seguia para a casa de sua avó em Pinheiros, exatamente a metade do caminho da casa da família de Carla.

A avó dela, de ascendência japonesa, chamava-se Maria. Mas também era conhecida como Maki, seu nome oriental. Desde o início ela esteve conosco, como se abençoasse a relação que, dia após dia, íamos construindo.

Depois vieram as reuniões de família, meus sogros, pais de Carla; o casamento, os filhos — primeiro Alice; depois, Pedro. Uma sensação de calor preencheu meu peito, quase me fazendo esquecer a dor imensa que cada puxada de ar me causava.

— Rodrigo... — ela murmurou.

— Sim, eu me lembro de você — falei, deixando as lágrimas caírem.

Era como se duas vidas totalmente diferentes, de repente, se fundissem em uma só. Naquele momento, combalido, sentado naquela cadeira de rodas, havia apenas um homem: eu, Rodrigo Távora. Era quem eu era.

— Tome, senhor — o oriental colocou uma folha de papel e uma caneta sobre a mesa, diante de nossos olhos. — Agora é o momento.

— O que é isso? — perguntei. Tentei ler o que estava escrito naquele papel, mas minha fraqueza era tanta, que as letras embaralhavam, dançando diante de meus olhos.

Foi Carla quem falou, explicando-me a situação:

— Por isso estou aqui, Rodrigo — ela disse. — Esse papel... esse papel é uma permissão por escrito para que tudo acabe. Se assinar, você estará livre de todo esse sofrimento.

Segurei a caneta. Mesmo um objeto tão pequeno me parecia pesado naquele momento.

— Assinar? — murmurei.

— Sim, basta assinar, senhor — ressaltou o homem oriental. — Assine e suas dores acabarão. Porém, nunca mais verá Carla, nem seus filhos. Será momento de partir definitivamente, seguir por um novo caminho e deixar de lado todos os demais caminhos que o senhor percorreu até então.

Pousei a ponta da caneta sobre o papel. Eu tinha que assinar aquilo e acabar com esse sofrimento. Meu corpo doía; as surras que levara, os pulmões que ardiam a cada respiração, a fraqueza que fazia com que eu me sentisse um inválido.

Eu não era mais o respeitado piloto de avião; tampouco o homem de terno que, vaidoso, deixava a família todas as manhãs para bater metas no banco. Era um doente, um homem inválido, cansado, e que apenas queria que tudo aquilo terminasse logo.

— Onde tenho que assinar? — perguntei.

— Vai mesmo fazer isso? — perguntou-me Carla, com olhos marejados.

— Eu preciso. Não aguento mais... veja como estou! — puxei o ar com força, sentindo os pulmões queimarem. — Não posso viver assim.

— Mas pode escolher lutar — ela disse. — Entendo seu sofrimento, mas está sendo egoísta. Não está pensando no todo, apenas em si.

Eu não suportava mais. Explodindo em um choro incontrolável, debrucei-me sobre a mesa. Era chegada a hora. Eu ia morrer. Meu corpo não aguentava mais qualquer esforço.

Eu não queria viver assim. Doente, tomando remédios, confinado em uma sala de luzes, com pessoas que me odiavam.

— Eu quero morrer. Por favor, me deixe morrer — supliquei. — Eu não sou *isto*. Sou um homem, pai de família. Sou *alguém*! Como posso seguir numa cadeira de rodas, dependendo dos outros, inválido?

Um zumbido muito forte soou em meus ouvidos. Levei as mãos à cabeça, sentindo todo o meu corpo ceder.

Morrer é assim?

— Rodrigo.

A voz que me chamou não era de Carla, nem do oriental que me acompanhara até ali. Suspendi os olhos e notei um homem mais velho parado atrás de minha esposa. Ele me encarava com firmeza, mas também havia emoção em seus olhos.

— Vô? — eu chamei, com um fio de voz.

Meu avô, pai de meu pai, havia falecido quando eu era criança. Fora uma morte violenta, que o tirara de nós precocemente. Recordava-me dele como um homem sério, porém amável com os netos. Numa noite, acordou surpreendido por barulhos estranhos e, quando saiu para verificar o que estava acontecendo, topou com dois assaltantes que, não sabendo que havia outra pessoa morando nos fundos, tentavam invadir a casa principal.

Meu avô fora alvejado por tiros e morreu no local, separando-se para sempre de nós.

Mas, naquela hora, ele estava ali, diante de mim.

Ao notar que eu o havia reconhecido, finalmente ele sorriu.

— Rodrigo — voltou a me chamar. — Sempre achei que você fosse mais do que um terno chique, um relógio novo ou um cargo num banco. É mesmo tudo isso que está preocupado em perder?

Eu não sabia o que responder.

— Se tudo o que conquistou de material tem mais valor do que os desafios das conquistas como homem e como ser humano, então realmente deve assinar esse papel — meu avô disse. — Porém, se ainda existe um pouco de consciência em você, se conseguir escutar mais seu coração do que sua autopiedade, verá que, mesmo que o sofrimento seja grande, há coisas do outro lado que ainda valem a pena ser vividas.

— Mas todos me odeiam... as pessoas deste lugar... — tentei argumentar.

— Senhor — o oriental interveio, falando novamente às minhas costas —, muitos caminhos que trilhamos já não são exatamente novos. Já estivemos lá, deixando nossas marcas. Poucos têm a oportunidade de retornar a caminhos já idos e consertar o que deixaram de ruim. O senhor está tendo essa oportunidade aqui, agora, neste lugar. Porém, a decisão é sua. Sempre será sua.

Encarei Carla uma vez mais. Ela se levantou e começou a caminhar para a saída da sala.

— Carla, aonde vai?

— Esperar você, Rodrigo — ela respondeu. — Caso você decida voltar e lutar, estarei esperando você.

Eu queria pedir para que ela ficasse. Gritar para que não me deixasse. Mas aquela realidade era apenas minha; meu caminho, minha história. Se havia alguém que podia lutar para revê-la e recuperar tudo o que havia perdido naquele tempo confinado a uma cadeira de rodas, era eu mesmo.

Por fim, soltei a caneta.

— Não vou assinar — eu disse.

— O senhor tem certeza? — perguntou-me o oriental.

— Tenho. Não vou assinar. Eu quero viver. Quero reencontrar meus filhos, Carla e as pessoas a quem amo. Quero sair deste lugar.

— Pois bem — o homem sorriu, puxando a cadeira e afastando-me da mesa. — Fico feliz com sua decisão, senhor. O senhor vai se recuperar, mas o tratamento será longo e haverá muito sofrimento. Contudo, estou certo de que o senhor se sairá bem.

Exaurido, tombei sobre o braço da cadeira.

— Me... ajude...

O restinho de energia havia me abandonado. Eu tinha chegado ao fundo do poço. Dali em diante, só podia ir para cima — mas o caminho não seria tão simples.

CAPÍTULO 9

INIMIGOS

Abri os olhos e me vi em uma sala retangular, com chão de tatame, o teto de madeira com luzes amarelas.

As paredes eram pintadas com desenho de dragões. Havia uma mesa baixinha e, atrás dela, três orientais de postura altiva sentados a me observar. Não diziam nada, mas seus olhares indicavam que, de algum modo, eles estavam no comando da situação.

Eu me sentia mais debilitado do que nunca. Do nada, ouvi passos se aproximarem. Eram rápidos e curtos. Uma confusão se formara ao meu redor e, logo, um grupo de homens orientais começou a me chutar com força. Eu não conseguia mais respirar.

Após os chutes, começaram os socos.

— Agora você está sentindo o que sentimos... o que você nos fez passar! — eles bradavam.

Enquanto a surra persistia, eu pensava: "Por que eles não me matam logo e acabam com isso?".

A resposta era óbvia.

Eles queriam me fazer sofrer.

Então, finalmente rendido, mergulhei no mais profundo breu. Não ouvia nem sentia mais nada. Me senti impotente, *como se eu nunca mais fosse ter forças para conseguir sair daquela situação.*

CAPÍTULO 10
ENTRE DOIS MUNDOS

Sr. Rodrigo? Está me ouvindo? Senhor Rodrigo? O senhor esteve morto por alguns minutos, senhor Rodrigo, mas conseguimos trazê-lo de volta. Teve uma parada cardíaca. Está me ouvindo? Teremos que intubá-lo novamente, entendeu? Está me ouvindo?

Um sonho. Um sonho bastante ruim. Um *pesadelo* horrendo.

Era assim que me parecia. As vozes rodopiavam em minha cabeça, em interlúdios de consciência.

Eu estava morto?

Como tinha voltado?

Eu não sabia. Tampouco reconhecia aquela voz.

Mas eu me recordava de Carla, do meu avô e do documento; das ruínas e do mal-estar generalizado.

Não, eu estava *vivo*! Tinha que lutar para permanecer assim. Eu havia prometido à Carla que lutaria. Não me entregaria facilmente. Não mais.

CAPÍTULO 11

TRATAMENTO

A cordei em um quarto diferente. Nada das luzes alaranjadas de outrora. Nas paredes, havia vários ideogramas orientais, possivelmente japoneses ou chineses. Fazia muito silêncio e a atmosfera era de tranquilidade, apesar de minhas dores.

Vasculhei o ambiente, percorrendo os quatro cantos com os olhos. Mulheres, todas vestidas com trajes orientais, me cercavam e pareciam cuidar de mim. Sobre minha cabeça, havia sido recolocado aquele capacete incômodo com a máscara. O lado positivo era que não havia ninguém ali querendo me agredir. Eu me sentia seguro.

— Bem-vindo de volta! — uma das mulheres me saudou.

— Onde estou?

— Sendo cuidado — ela respondeu, de modo evasivo. — Era isso que o senhor queria, não era?

— O que quero é sair daqui.

— Ainda não é o momento, senhor Rodrigo. Se fizer tudo direitinho, voltará em breve.

Então, algo me ocorreu.

— Você conhece a Sra. Maria? As pessoas a conhecem como Maki. É o nome japonês dela — perguntei, referindo-me à avó de Carla.

— Ela não está aqui. Lamento — respondeu-me a mulher.

Mas aquilo não podia ser coincidência! Somente naquele momento eu começava a encaixar as peças sobre quem eu era, sobre o homem oriental e aquelas mulheres de quimono. De algum modo, tudo estava ligado a mim; à minha vida noutra realidade, à minha família, à minha esposa e filhos.

Eu não era um piloto de avião ou um empresário bem-sucedido. Eu era Rodrigo Távora, e definitivamente não pertencia àquele lugar. Isto é, precisava voltar para minha vida.

— Esse capacete incomoda — reclamei.

— Mas é necessário. Tente pensar sempre em coisas positivas. Ajudará — ela me respondeu.

— Sim, eu sei. Já me disseram isso — falei, contrariado.

Como resistir ou reclamar era inútil, preferi optar pela resignação. Naquele lugar, o tempo parecia passar de modo diferente. Vez ou outra, luzes estranhas surgiam diante de meus olhos e me acolhiam com calor. Naqueles instantes, eu me sentia melhor. Mas, quando elas sumiam, as dores e a dificuldade de respirar retornavam.

Eu tinha perdido totalmente a noção de por quanto tempo eu estava naquela sala. Só me dei conta de que muito tempo havia se passado quando o homem oriental de antes entrou no recinto. Ainda trajava branco e estampava o mesmo sorriso no rosto.

— Como se sente? — perguntou.

— Ainda mal.

— Hoje faremos alguns exercícios. Será difícil e incômodo. Mas lembre-se: é para o seu bem.

Fui colocado sentado. Eu gritava de dor, mas todos ali pareciam ignorar. A raiva foi me preenchendo e, então, me recordei da realidade em que pilotava aviões e das pessoas que queriam me agredir; pensei naquele jovem que me trouxera o cavalo e em seu olhar de alegria quando, finalmente, lhe agradeci pela ajuda. Não, a raiva não me traria nada de positivo.

— Dói demais! — gritei, quando esticaram minha perna.

— O senhor tem que mexer a perna. Mexer o corpo. Pense em coisas positivas, pense em sua família.

A sessão daquele tratamento — que, para mim, mais parecia uma tortura — durou horas a fio. Ao contrário de antes, eu sentia o tempo passar devagar, os minutos escorrerem lentamente a cada momento de dor lancinante que sentia.

— Agora, mexa os braços — o oriental disse.

Paulatinamente, eu comecei a recobrar a consciência sobre meus movimentos. Algo tão furtivo, como mexer a mão, o braço ou a perna, agora me parecia dificílimo.

— Chega, por favor! Chega — implorei.

— Está bem, basta.

Fui colocado na cama novamente. Era um alívio!

— E esse capacete e essa máscara?

— Ela ainda é necessária e é importante que você se acostume com ela. Não vamos tirá-la — o oriental foi taxativo.

— Minha cabeça dói.

— Sr. Rodrigo, as coisas estão mudando, o senhor está mudando. Esse capacete está ajudando-o a se acostumar com uma nova frequência. É preciso se adaptar a ela. Sabemos que é incômodo, mas é importante que se adapte para voltar.

— Estou farto de sentir dor! — eu disse, entre dentes.

— Então, quer voltar atrás e desistir?

Refleti.

— Não. Quero continuar. Quero sair daqui, voltar para minha família.

— Ótimo! — o oriental assentiu. — Por falar nisso, senhor...

Ele me encarou, sustentando o sorriso de sempre.

— Posso chamá-lo de Sr. Rodrigo, e não apenas de senhor? Acho que já é o momento, não concorda?

Fiz que sim. Era meu nome. *Rodrigo sou eu.*

— Vamos recomeçar os exercícios, Sr. Rodrigo. Preparado?

— Achei que tinham acabado!

— Foi um descanso. O senhor consegue se sentar?

Com muito esforço, suspendi o corpo.

— Agora, vamos mexer as pernas. De novo.

Novamente, foram horas de dores intensas. Eu mal conseguia respirar. Ao final, eu estava exausto. Quando finalmente pousei a cabeça sobre o travesseiro, senti o calor das luzes me envolver de novo.

Como que carregado para uma realidade distante e melhor, a dor foi se esvaindo.

— Onde estão as pessoas que queriam me bater? — perguntei ao homem, mas ele já havia sumido.

— Aqui ninguém quer bater no senhor — uma voz feminina me respondeu. — Apenas querem orar para que o senhor melhore e volte para aqueles que o amam.

Sim. Voltar. Voltar para os que me amam.

Esse seria meu propósito dali em diante.

Dia após dia, ainda que eu não tivesse noção de horas ou do passar do tempo, as sessões dolorosas foram se repetindo e, aos poucos, surtindo efeito.

Não apenas as dores foram cessando, mas também eu passei a sentir uma paz interna muito grande. Definitivamente, eu tinha retomado a posse sobre quem eu era, e sobre onde deveria estar.

Certo dia, o homem oriental entrou no meu quarto e me disse que teria que me levar a mais um lugar, pois havia uma pessoa que queria me ver. Eu fiquei na dúvida se deveria segui-lo ou não, afinal o mal-estar e a fraqueza persistiam.

Outra pessoa que prejudiquei?, questionei, mentalmente. Não, eu não estava nem um pouco a fim de encarar aquilo de novo.

Todavia, o oriental não esperou por minha resposta. Com cuidado, e sob meus protestos tímidos, me colocou sobre a cadeira de rodas e, assim, seguimos para fora do quarto.

Quando dei por mim, estávamos em um lindo jardim verde. O dia estava belo, céu azul, o sol brilhando, e eu sentia uma sensação boa de plenitude, como se nada mais pudesse dar errado. A energia daquele lugar realmente era diferente. Uma sensação que nunca tinha experimentado aqui na Terra.

Vi de longe uma casa de campo toda amarela com alpendre em volta.

Aproximando-me, vi dona Maki, a avó da Carla. O oriental pôs-me sentado ao lado dela e se afastou. Antes que eu pudesse dizer algo, ela falou:

— Rodrigo, que feliz estou em ver você melhor. Eu pedi para trazê-lo aqui, pois acompanhei de longe sua jornada todo esse tempo, e, agora que está melhorando, eu gostaria de tomar um chá com você para me despedir antes de sua partida.

Eu estava surpreso e emocionado. Pensei no pior — no confronto com outra pessoa com raiva de mim —, mas fui recebido por uma das mulheres mais especiais que já passaram por minha vida terrena. Foi um momento maravilhoso, realmente um presente, estar ali com a avó da Carla, podendo desfrutar da sensação de estar em um lugar daquele.

Sentamos à mesa, disposta no lindo jardim, de onde podíamos admirar uma magnífica floresta com vegetação muito verde.

— Tudo dará certo — ela me disse.

Não sei exatamente quanto tempo permanecemos ali. Naquele lugar, o tempo (e o passar das horas) era uma coisa imprecisa, intangível. O oriental retornou para me colocar na cadeira e partirmos. Abracei dona Maki com força, sentindo angústia por não vê-la mais.

— Sempre estaremos próximos. E sempre torcerei por você, por Carla e pelas crianças — ela disse, sorrindo.

Hoje, sempre que estou em momentos de dificuldade, busco ir mentalmente para esse lugar, buscar essa sensação e recarregar minhas energias, tendo certeza de que tudo vai dar certo.

CAPÍTULO 12

PARTIDA

Acordei em um quarto diferente. Nada das luzes alaranjadas de outrora. Nas paredes, havia vários ideogramas.

Teoricamente, deveria ser mais um dia de tratamento, mas ninguém apareceu. Eu estava sozinho naquele quarto estranho, forrado de ideogramas. Sentar-me era mais fácil naquele momento, e eu conseguia mexer as pernas. Todavia, caminhar ainda era impossível. Minha respiração também tinha melhorado, e já não mais fazia uso daquele capacete incômodo.

Onde estão aquelas mulheres?, pensei.

Pela porta, a única que havia no recinto, notei uma luz intensa surgir. Era engraçado (e estranho) que, em todo o tempo em que estive naquele lugar, nunca me ocorreu descobrir o que havia do outro lado.

Era como se aquela porta sempre estivesse ali, mas só havia ganhado importância naquele exato momento.

Quando um vulto envolto na luz apareceu na porta, senti medo. Lembrei-me dos vultos que desejavam me aniquilar e imediatamente fiz menção de rolar para fora da cama e me proteger.

Foi uma voz vinda não se sabe de onde que me impediu. Ela falava comigo de modo calmo e aconchegante, e, à medida que as palavras penetravam em meus ouvidos, uma onda de calor semelhante à das luzes me preenchia.

Rodrigo? Está me ouvindo?

— Quem é você? — perguntei.

Mas a voz, ou o vulto, parecia não me ouvir. Apenas eu era capaz de ouvir minha voz.

Rodrigo? Consegue me ouvir?

Foi somente naquele instante que eu entendi. O vulto não entraria no quarto. Era eu quem tinha que *sair*.

Saí da cama arrastando-me no chão, puxando meu corpo adiante com a força dos braços. Eu sentia menos cansaço e parecia mais forte do que nunca! Conforme me aproximava da luz, tudo ficava mais calmo e silencioso.

Rodrigo?, falou o vulto, estendendo-me a mão.

Sem hesitar, estiquei o braço em sua direção.

Naquele momento exato, a luz, outrora reconfortante, queimou meus olhos, provocando uma dor no fundo de minha cabeça. Era como se eu tivesse recobrado a visão naquele instante e a luminosidade estivesse a ponto de queimar minhas retinas.

— Bem-vindo de volta, Sr. Rodrigo — disse a voz, que agora parecia diferente.

PARTIDA

Olhei ao meu redor e percebi que estava em um tipo de aeroporto. Havia apenas um hangar, e a pista, estreita, servia de leito para um avião pequeno que parecia estar à minha espera.

Era como se meu corpo pesasse uma tonelada, e já não conseguia mais mexer os braços ou as pernas.

— Ajudamos o senhor — a voz veio de um homem vestido de piloto. Curiosamente, ele tinha as mesmas feições do oriental que me ajudara na jornada naquele mundo estranho.

— Por que estou aqui? Achei que voltaria para casa — perguntei.

— E voltará, Senhor Rodrigo. Aquele avião levará você.

Com dificuldade, e com ajuda do piloto, caminhei até a pequena aeronave. Subi a escada pé ante pé e qual foi minha surpresa quando, ao entrar no avião, vi Carla, meus dois filhos e minha mãe acomodados nas poltronas.

— Vocês? — perguntei, surpreso.

— Todos vocês estão juntos nesta viagem, senhor — disse o oriental, fazendo uma leve reverência e indicando que estávamos prontos para partir.

Sentei-me ao lado de Carla e segurei sua mão com força. Meus filhos lançavam os braços em meu pescoço, dedicando-me abraços apertados. Como aquilo era bom! Eu estava de volta!

A aeronave começou a taxiar e, após ganhar terreno, deixou o solo, penetrando nas nuvens que pareciam algodão-doce. O céu azul deu lugar a um branco denso; era impossível enxergar qualquer coisa pela janelinha. Mas isso era o de menos. Apesar do cansaço, do abatimento e das dores, eu estava feliz.

Sentia o peito leve. Era como se, lentamente, as coisas voltassem a se encaixar.

O branco intenso havia engolido o avião. Não havia mais nada, senão eu e minha família naquela cabine. Tomado pelo sono e cansaço extremos, pousei a cabeça no encosto da poltrona e fechei os olhos. Meu corpo estava totalmente relaxado.

— Não tente se mover — disse-me uma voz, que parecia ecoar do fundo de minha cabeça. — O senhor ficou muito tempo aqui, seus músculos precisam recuperar a força — disse o vulto, que foi ganhando os contornos de um rosto de um homem de branco. Não era o oriental, mas, sim, um homem real. O branco que eu via era de seu jaleco. Ele usava máscara, mas seus olhos indicavam que estava feliz.

Engoli e minha garganta queimou. Eu tinha piorado novamente? Respirei fundo e engoli novamente. A mesma dor. Mas não ia desistir. Por fim, depois de várias tentativas, consegui falar. A voz que saiu de minha garganta parecia não pertencer a mim; era um som totalmente diferente, quase inaudível e mecânico.

— Onde estou? — perguntei.

— No hospital — o homem respondeu. — Tente não falar e descanse. Está tudo bem agora.

— Carla?...

— Vamos avisá-la, Sr. Rodrigo. Mas preciso que o senhor descanse. Está bem?

Mesmo que não quisesse, não me restavam alternativas. Meu corpo não respondia, minha voz estava arruinada. Porém, eu tinha uma certeza: fossem onde fossem os lugares pelos quais eu andei todo aquele tempo, eu estava de volta. Eu estava *vivo*.

"Deus nos concede, a cada dia, uma página de vida nova no livro do tempo."

Chico Xavier

PARTE 2

Renascimento

CAPÍTULO 13

RETORNO

Eu havia passado boa parte de minha estada naquele mundo estranho desejando voltar para minha realidade. O *Rodrigo* que eu conhecera naquela vida não era, em nada, um homem que eu desejava ser. Porém, me era impossível negar que, ao mesmo tempo que eu rejeitava veementemente aquela figura, também tinha plena ciência de que aquele homem agressivo e soberbo era parte de mim.

Todavia, agora que eu estava de volta, ligado a um punhado de tubos, fios e aparelhos, me sentia igualmente deslocado. Era como se parte de mim tivesse, de fato, ficado naquele lugar. Eu me perguntava, entre lampejos de consciência e sono provocados pelos medicamentos, qual dos dois lugares era definitivamente *real*.

Carla entrou no quarto de modo exasperado. Inicialmente, parou à porta, olhando para mim, estirado na cama, imóvel como um inválido. Eu queria me mexer, mas meu corpo não obedecia.

— Não se esforce — pediu a enfermeira, num sorriso solícito.

Carla caminhou até mim. Seu olhar incrédulo indicava que ela parecia não acreditar no que estava vendo. Eu estava vivo e estava de volta.

Aparentemente, minha esposa havia perdido parte da esperança de que eu saísse daquele hospital.

Eu não me recordava em detalhes de como havia parado ali; apenas flashes de minha chegada ao balcão de atendimento, as pessoas doentes — todas com rostos cobertos por máscaras —, a aflição a cada aferição da oxigenação. Tampouco tinha certeza se aquilo tudo era real ou outro delírio. Mais tarde, os médicos me explicaram que esses lapsos de memória eram uma reação natural do cérebro. Eu estivera intubado, em coma. Também havia o efeito dos medicamentos fortes, mas eles me asseguraram que, paulatinamente, eu me recordaria de tudo.

Já ao lado da cama, Carla hesitava em me tocar. Parecia estar diante de algo (ou alguém) muito frágil, prestes a esfacelar num mínimo toque dos dedos.

— Rodrigo? — ela murmurou. Havia lágrimas em seus olhos.

Eu tentava falar, mas a dor em minha garganta era imensa. A voz praticamente não saía — e, segundo os médicos, era outro efeito colateral da intubação.

Na medida do possível, expeli palavras quase inaudíveis, mas que, para mim, faziam sentido:

— Eu morri? — perguntei.

— Você ficou 45 dias intubado, Rodrigo. A maioria das pessoas não aguenta todo esse tempo. Pensei... — o choro tornara-se mais forte. — *Pensamos* que iríamos te perder.

Ela segurou minha mão com força. Por algum motivo, minha pele doeu ao seu toque. Todo o meu corpo estava muito frágil.

Eu também sentia muita sede, mas, para minha frustração, me foi dito que eu não podia beber água. Em resumo, um simples gole podia me afogar ou até me matar, já que a musculatura de minha traqueia estava comprometida devido ao procedimento. As dores que eu sentia foram atribuídas a ferimentos e ulcerações nas cordas vocais, o que causa danos nas vias respiratórias também. Ou seja, eu estava de volta, mas a que preço?

— Descanse — disse Carla. — Os médicos vão te explicar sobre sua situação, mas, acima de tudo, o importante é que você está de volta.

Fiz que sim. Era melhor manter silêncio do que tentar falar. Além disso, a medicação me mantinha num estado de constante torpor. Eu ainda não tinha nítida percepção do que era real ou delírio. Por vezes, tive muito medo de tudo aquilo ser apenas um sonho, de eu estar morto e de minha mente vagar num tipo de limbo.

Somente com o passar dos dias é que fui tomando a consciência de que, realmente, eu estava de volta. Lembro-me de que ver meu rosto no celular, quando pedi à Carla pela primeira vez após o coma, foi como topar com um desconhecido. Eu não me reconhecia naquele homem abatido, com os lábios feridos, sulcos sob os olhos e nitidamente mais magro.

Eu podia ter voltado, mas parte de mim havia morrido. E o mais estranho de tudo foi que, quando finalmente eu tive plena certeza de que o que estava vivendo era real, que eu estava mesmo de volta, esse *outro lado*, o lado em que estive enquanto estava intubado, tornara-se mais forte e presente.

Eu tinha trazido comigo algo daquela viagem. Não estava mais só. Dentro de mim, havia um punhado de perguntas a serem respondidas, um incômodo crescente que pedia algum tipo de resgate. Eu queria, ou melhor, precisava revisitar o outro lado, o outro homem, o Rodrigo que eu havia conhecido.

Dia após dia, o incômodo só aumentava. Mesmo com extrema dificuldade de falar, contei para Carla tudo o que havia acontecido, preocupando-me em não esquecer cada detalhe mínimo. Mas não era o bastante. Eu não confiava na minha própria capacidade de distinguir o real do outro mundo depois de tudo. Então, pedi à minha irmã, Fernanda, que tomasse nota.

Mesmo contrariando os médicos, passei horas com ela, ditando tudo o que havia vivido e visto. Pacientemente, ela gravou tudo no celular. Àquela altura, eu não sabia se aquela narrativa toda teria alguma utilidade prática; apenas sentia o desejo de registrar tudo antes que se apagasse de minha memória.

CAPÍTULO 14

CORRENTE

Pode parecer besteira, mas uma das maiores dificuldades de alguém que teve uma experiência drástica como a minha é, certamente, retomar as rédeas da própria vida. Mesmo estando de volta, pisando no mundo real, tocando coisas reais, ainda havia a estranheza de que alguma coisa estava fora do lugar. E essa *coisa* era *eu*.

Me reconectar com a realidade envolvia descobrir coisas que aconteceram durante meu coma, e era extremamente difícil. As pessoas pareciam me contar essas coisas em doses homeopáticas, justamente para não sobrecarregar meu emocional.

Comecei a trabalhar desde muito novo. Meu pai era comerciante e, quando os negócios deram errado, eu, como único filho homem, senti-me na obrigação de ajudar no sustento da família. Trabalhar e estudar não eram tarefas fáceis, mas eu colocava a responsabilidade pela minha mãe e irmãs acima de tudo.

Quando entrei no banco e as coisas começaram a dar certo, uma nova oportunidade de vida se abriu para mim. Criado e educado dentro da doutrina espírita, aprendi desde cedo o valor da caridade e da empatia, porém estaria mentindo se dissesse que, convivendo com meus conhecimentos do espiritismo e seu estímulo ao espírito abnegado, também morava a vaidade.

Em mim, a vaidade nunca contaminou meu comportamento com colegas. Sempre prezei pela lisura em meus atos, por colaborar em vez de competir, por ouvir e tentar entender os limites de cada um. Porém, havia também um Rodrigo que gostava de ternos de cortes meticulosamente bem-feitos, gravatas alinhadas, relógios e canetas que ajudavam a transparecer algum tipo de *status*.

Enfim, desde que me vira na obrigação de sustentar minha casa, sempre julguei que minhas pernas e costas eram fortes o bastante para carregar o peso que fosse. Contudo, naquele dia, quando finalmente retornei ao nosso apartamento numa cadeira de rodas, com ajuda e incapaz até mesmo de tomar um banho sozinho, tomei um choque de realidade bastante doloroso. Acima de tudo, por mais amoroso que fosse o trato de Carla e das enfermeiras, eu era um inválido naquele momento; alguém que precisava da ajuda dos outros para as necessidades mais básicas.

Reencontrar meus filhos foi outro momento, ao mesmo tempo, especial e difícil. Alice, a mais velha, chorou ao me ver, me abraçou e verbalizou o medo que ela sentira todos os dias desde que eu havia sido internado. Porém, Pedro, meu caçula, apesar da alegria e dos abraços, não demonstrava qualquer tipo de emoção à flor da pele.

Eu estava muito feliz de estar de volta, era óbvio, mas também me era muito triste perceber o sofrimento em que mergulhara minha família ao longo do tempo em que estive internado — a maior parte dele, em coma induzido, intubado.

De volta para casa, minha rotina era me dividir entre as intermináveis sessões de fisioterapia, contar com a ajuda da cuidadora e de Rúbia, que há muitos anos trabalhava em nossa casa e fora de ajuda inestimável na minha ausência, inclusive consolando Carla e Alice. Até mesmo tomar água me era impossível — na incapacidade de ingerir líquido, eu tinha de beber um preparado especial viscoso, que hidratava, mas era extremamente incômodo para engolir.

Certo dia, à noite, Carla sentou-se ao meu lado e segurou minha mão. Ela me encarou com doçura e me disse:

— Você se lembra daquele dia no hospital, quando contou de seus sonhos?

Fiz que sim. Era impossível esquecer. Todos os dias eu revivia aquelas imagens, como se estivessem impregnadas em mim.

— Pois é. Um desses sonhos era você querendo que eu assinasse um documento para te *deixar ir embora*. Foram essas as palavras que você usou.

Assenti. Estávamos nas ruínas e eu não suportava mais tanto sofrimento.

— Pode parecer bobagem, mas acho que não é. Hoje, posso te dizer isso. Rodrigo, você morreu. Digo, chegou a morrer.

— Como assim? Não me disseram...

— Eu sei. Não é algo fácil de falar — Carla seguiu. — Você tinha melhorado e os médicos tentaram uma extubação. Naquele momento, você teve uma parada cardíaca. Em outras palavras, você esteve morto. Tiveram que te trazer de volta.

Uau! Aquilo foi outro coice no estômago. Muitas de minhas lembranças naquele mundo passaram a fazer sentido, depois do que Carla falara. O aparecimento de meu avô paterno, o amparo que senti e, sobretudo, as vozes que me chamavam. Sim, eu tinha morrido, mas retornara.

Comecei a chorar copiosamente, segurando a mão de Carla com força.

— Obrigado por não ter desistido de mim — eu disse.

— Ninguém desistiu. Nem eu, nem Alice, Pedro... e nem seus amigos. Você sabia que até seus colegas do banco fizeram uma corrente online de oração por você? Seu chefe também me deu todo suporte... ele e a esposa foram verdadeiros anjos!

— E Rúbia — lembrei.

— Sim, e Rúbia. Sem ela, eu não teria aguentado. Teve um dia — naquele momento, Carla também chorava —, quando recebemos a notícia de que seu estado era crítico após a parada cardíaca, que eu simplesmente achei que te perderia. Então, nos grupos, pedi orações para você. Todos se mobilizaram. Numa noite, até mesmo os moradores aqui do condomínio entraram numa corrente de oração.

Engoli em seco. Aquilo era algo que eu nunca poderia imaginar.

— Eu sou médica. Vi muita coisa ruim acontecer. Muita coisa que a gente pode pensar ser injusta. Vidas se perdendo tão cedo... É normal a gente se perguntar sobre os planos de Deus nesses momentos — continuou Carla. — Mas tenho certeza de que Ele esteve contigo, Rodrigo. E foi Ele que te trouxe de volta, devido aos pedidos e correntes de oração. Deus te permitiu ter uma segunda chance.

Eu não conseguia parar de chorar. Mais do que uma surpresa, as palavras de Carla pareciam catalisar tudo o que eu tinha passado do outro lado. Agora, as coisas começavam a se encaixar. Nada havia sido por acaso; tampouco havia sido mero delírio.

Eu tinha morrido. Morrido e retornado. E, sim, havia um propósito em tudo aquilo.

— Tem mais uma coisa — ela falou. — Estou preocupada com Pedro.

— Por quê?

— Ele não derrubou uma lágrima desde que você foi internado, e também não chorou quando você voltou. Simplesmente se fechou. Não falava seu nome, nem perguntava sobre você. Cheguei a levá-lo para terapia, e sabe o que ele disse à psicóloga? Que não podia chorar. Tinha que ser forte.

Aquilo era realmente estranho. Sobretudo, para uma criança tão nova.

— Ele está feliz de te ver aqui, Rodrigo. Mas o comportamento adulto dele não é comum.

Assenti. Não era mesmo. Prometi a mim que falaria com ele. Uma conversa entre pai e filho.

— Carla, eu preciso te pedir uma coisa — eu disse. — Sei que ainda estou em processo de melhora, mas não posso esperar. Tudo o que me aconteceu, o que te contei de quando estava em coma... Aquilo não foi só um sonho. Eu me sinto diferente. Estranho. Mesmo estando de volta, há algo que ficou do outro lado, você entende?

Carla me encarava com estranheza.

— Sei que pode parecer loucura, mas eu preciso entender. Eu não estou aqui com você e com as crianças por mero acaso. Não era para eu estar. Se voltei, e sei do que estou falando, é porque há um propósito. E preciso descobrir qual é.

— E no que você está pensando?

Sim, eu sabia qual passo teria que ser dado.

CAPÍTULO 15

LEGADO

A vida às vezes se mostra um palco com coincidências bem felizes, ou acontecimentos emaranhados que são iniciados num puxar de fio e, então, desencadeia uma série de acontecimentos interligados. O que quero dizer é que, por pouco que pareça, nada é por um acaso.

Quando deixei o hospital após 45 dias intubado e em coma induzido, além de mais algumas semanas de tratamento intensivo para recuperar parcamente minha força muscular e resistência vital para voltar para a casa, minha irmã Patrícia e a Carla comentaram que haviam consultado, durante meu coma, um constelador chamado Almir.

Bom, eu explico: para quem não está familiarizado com o termo ou a prática, o constelador é um profissional que trabalha no campo da chamada constelação familiar, que, por sua vez, é um tipo de terapia integrativa em que o cliente revisa todas as situações familiares que moldaram seu estágio atual de vida.

Desenvolvida por um homem chamado Bert Hellinger, a constelação familiar consiste, basicamente, em observar as emoções acumuladas nas famílias, e compreender como tais emoções nos influenciam em vários aspectos. O nome da técnica em alemão é *familienstellen*, que, traduzido, significa *colocar a família*.

As sessões de constelação podem ser individuais ou em grupo. No trabalho em grupo, as pessoas presentes são colocadas como representantes da constelação da pessoa que está sendo constelada. No atendimento individual, utilizam-se normalmente bonecos para representar o que se deseja na constelação. A constelação termina quando houver harmonia ou uma sintonia melhor entre os membros que estão sendo representados.

Algo interessante a ser ressaltado é que nas sessões de constelação familiar são utilizadas frases de cura, e é comum que, ao pronunciar essas frases, a pessoa que está sendo constelada se emocione. Frases como "eu vejo você", "eu sinto muito", "eu sou pequeno(a) diante do nosso sistema" são alguns exemplos das frases comuns usadas durante as sessões de constelação, mas o constelador pode criar as suas próprias frases, e a pessoa que está sendo constelada pode também complementar as frases sugeridas ou dizer o que está sentindo no momento da constelação.

Ao longo dos anos, Hellinger atendeu várias pessoas, e demonstrou que a influência familiar determina a saúde emocional, afeta o bem-estar, os nossos relacionamentos e o desempenho profissional.

Segundo Hellinger, todos da família são influenciados pelas ordens do amor, que são: hierarquia e ordem, equilíbrio e pertencimento. *Hierarquia* significa que os que chegam primeiro na família têm preferência perante os outros: os mais velhos em relação aos mais jovens, a primeira esposa, os filhos do primeiro casamento e assim sucessivamente. Cada um precisa ocupar o lugar que lhe pertence, e sem isso há um desequilíbrio no sistema.

O *equilíbrio* é estabelecido pelo dar e receber (ou tomar) que deve existir entre as relações. Isto é, um dá, o outro recebe, fica grato e depois retribui. Esse movimento gera um vínculo que aumenta mais e mais, e, assim, o amor pode também crescer cada vez mais. Quando um apenas recebe, esse vínculo se enfraquece, e muitas vezes aquele que deu demais é abandonado, pois o outro sempre se sente devedor.

A exceção a esse equilíbrio é a relação entre pais e filhos. Os pais são doadores e os filhos receptores. Isso significa que os pais dão e os filhos recebem. Os filhos retribuem crescendo na vida e, por sua vez, dando aos seus filhos. Só poderá dar e receber de forma equilibrada quem recebeu e tomou o que os pais lhe deram. E, dentro do relacionamento entre pais e filhos, os pais dão a vida, algo que o filho não pode retribuir.

Pertencimento significa que todos — vivos ou mortos — que fazem parte da família têm o direito de pertencer. Isso inclui os que morreram precocemente, os natimortos, deficientes, os maus, os filhos abortados e outras pessoas para quem a família não quer olhar. É bastante comum que pessoas sejam esquecidas, ou excluídas, porque lembrar-se delas causa sofrimento. Enquanto essas pessoas não são lembradas e reconhecidas, o sistema não fica em paz, e algum membro de outra geração representará o membro excluído, seguindo o seu destino. Dessa maneira, é provável que tenha o mesmo destino do seu antepassado, e não consiga viver o seu próprio destino. Alguns exemplos do que foi dito acima são famílias na quais nenhuma mulher é feliz no amor; em outras, muitas pessoas ficam doentes ou já nascem com doenças graves; pessoas não conseguem se realizar profissionalmente, e assim por diante. Isso ocorre porque a nossa alma é leal à família. Então, se muitas mulheres de determinada família sofreram no passado, a fim de pertencerem à família, outras mulheres precisam também sofrer, no futuro. É como se, para lembrar da pessoa excluída, alguém precise reviver a sua dor.

Os problemas vividos por uma pessoa são chamados de *emaranhamentos*, o que significa que existe alguma interferência nas ordens do amor. Tais emaranhamentos estão relacionados a exclusão, injustiça, luto, doença grave, rompimento de vínculos, adoção, suicídio, brigas por herança, e assim por diante. Quando esses emaranhamentos são resolvidos, as ordens do amor podem fluir, e restabelece-se o equilíbrio do sistema. As informações referentes a tais emaranhamentos surgem durante a sessão de constelação.

Ao todo, existem cinco formas de emaranhamento: triangulação, quando os pais buscam apoio nos filhos; parentificação, quando ocorre a inversão dos papéis; identificação com pessoas excluídas ou banidas do sistema familiar; repetição do destino de outro membro do sistema familiar; substituição: quando se carrega sentimentos no lugar do outro.

Outro ponto a observar é que o pai nos leva para o mundo e a mãe se mostra como o centro da nossa vida. Mas a mãe não pode sair do posto natural dela e assumir o lugar do pai, pois não consegue. O pai representa o espírito, a vontade de fazer e se arriscar; é um amor diferente do materno.

Hellinger fala também das cinco ordens da ajuda. São elas: dar apenas o que se tem e pegar para si apenas aquilo de que se necessita; submeter-se às circunstâncias e reconhecer a realidade e as suas limitações; colocar-se como adulto diante de outro adulto; aplicar o olhar sistêmico: enxergar o outro como parte de um sistema maior; amar a cada ser humano como ele é.

Teoria explicada, voltemos ao contexto em que, diante de minha visível piora, Patrícia decidiu consultar o tal constelador. Seu objetivo, segundo me contara, era resolver um problema geracional que atingia particularmente os homens da família Távora, cujos destinos sempre culminaram numa morte trágica. Participaram ela, minha avó, representando o meu avô paterno, e meu pai. No caso, minha esposa estava me representando. Ao todo foram duas consultas: uma em minha primeira intubação e a segunda logo após minha parada cardíaca (e posterior segunda intubação).

A má sorte do destino atingira meus bisavós e, também, meu avô, pai do meu pai, que morrera assassinado. Possivelmente, não fora à toa que justamente ele aparecera naquelas ruínas ao lado de Carla, me estimulando a lutar e não desistir de viver. Meu pai, que está vivo, sofre de um grave problema de visão que o deixou praticamente cego e incapacitado de trabalhar. Então, chegou a minha vez — e, de fato, eu *morri*, pelo menos tecnicamente.

Nessa constelação foi quando meu pai fez uma liberação importante, trazendo a força masculina dele para se conectar comigo. Essa força veio do pai dele para ele e então para mim, o que possivelmente ajudou, em algum grau, as coisas a se resolverem. Em poucos dias, a partir dessa constelação, comecei a melhorar e fui desentubado.

A constelação entrou em contato com essa energia masculina como chefe da família; ele a ancorou e a passou para mim, para que eu tivesse força. Foi um processo muito incrível de uma coisa que ele nunca tinha feito.

Pela história que conheço, meu pai nunca tinha recebido essa força masculina do pai, na sua infância, e por consequência não a tinha na vida dele para passá-la para mim.

Nesse momento da constelação, ele conseguiu resgatar essa força do pai dele e me transmitir no momento em que eu mais precisava.

Essa sina precisava ser quebrada e, talvez, meu retorno e tudo o que vi e ouvi no outro mundo durante meu coma fossem apenas a ponta de um iceberg para um propósito muito maior.

Insisti veementemente que, mesmo com meu estado de saúde ainda frágil, eu queria marcar uma consulta com esse Almir.

Havia, ainda, outro ponto: depois de mim, Pedro, meu filho caçula, era o próximo homem da família. Mesmo que me fosse impossível quebrar essa linha do destino, pelo menos eu teria que fazer algo por ele.

Naquela noite, eu acompanhei meu filho até a cama. Ele me deu um beijo de boa noite, mas, antes de deixá-lo no quarto, sentei-me à beira de sua cama e disse:

— Filho, quero que saiba que estou muito feliz de estar de volta. De estar aqui com a mamãe, com Alice... e com você também.

— Eu sei, pai — ele respondeu, sem jeito.

— Sua mãe me disse que você foi muito forte durante minha internação. Quando eu estive intubado e tudo mais. Eu agradeço por isso, filho, mas queria te dizer uma coisa importante: eu estou de volta e, agora, eu cuidarei de você. De todos vocês. Você não precisa mais ser forte. Aliás, pode chorar e sentir sempre que quiser. Você entendeu?

Ele fez que sim, meneando a cabeça. Eu mal tinha acabado de falar e Pedro já chorava copiosamente. Aparentemente, tudo o que ele represara nos dias em que estive ausente estava saindo, como numa catarse. Abracei meu filho e também chorei.

— Eu tive medo, pai... — ele disse, entre soluços. — Medo de que você não voltasse... mas eu sabia que eu precisava ser forte... sou menino... a mamãe... a Alice... elas estavam...

— Você não precisa ser forte, filho. Entendeu? Nunca se esqueça disso: ser forte não é deixar de sentir ou demonstrar medo ou tristeza.

Você é uma criança, e tem que viver como criança; os adultos somos mamãe e eu. Nós... eu... a gente cuidará de vocês.

Pedro enterrou o rosto em meu peito e ficamos ali, vários minutos, em silêncio. Choramos, nos consolamos e, por fim, deixei-o dormir.

Não apenas Pedro estava aliviado, como eu também. Desde que eu assumi a reponsabilidade financeira sobre minha família, eu nunca havia parado para pensar no quão aquilo havia me afetado e no quanto o fardo havia sido pesado. De certa forma, mesmo sem ter conhecimento sobre minha história, Pedro repetia meu padrão de comportamento.

Isso tinha que parar ali mesmo.

Meu primeiro passo rumo à mudança de destino dos homens de minha família tinha começado; porém, ainda havia muito a ser feito.

Sozinho no escuro, sentado na poltrona da sala, conferi o celular. Patrícia havia me enviado um WhatsApp.

O Almir pode atender vc na semana que vem.

Digitei rapidamente:

Pode confirmar com ele. Qdo será?

Enviei a mensagem e deixei o celular sobre o colo. Então, recostei a cabeça no sofá e fechei os olhos. Eu sentia, do fundo da alma, que minha vida estava prestes a dar uma guinada como nunca havia ocorrido.

CAPÍTULO 16

CONSTELAÇÃO

Minha primeira conversa com Almir, antes de fazermos a constelação, foi um tanto frustrante. Na verdade, ele se mostrou bastante hesitante. Fazer a primeira constelação para minha família havia deixado-o bastante abalado — tanto devido ao histórico envolvido na sina dos homens da família Távora como pela minha própria situação de saúde.

Portanto, quando solicitei o atendimento, a primeira coisa que Almir me explicou foi que, talvez, precisasse de mais um tempo, pois não queria que seu emocional contaminasse o processo. Mas eu não podia esperar — acima de tudo, porque precisava começar a desatar os nós e entender se havia realmente algo de mais profundo em tudo por que passei.

Finalmente, ele concordou em me atender. Mesmo ainda um pouco debilitado, fui até seu local de atendimento. Sentamo-nos um na frente do outro, tendo uma mesa ao centro. Sobre ela, uma bacia com água cristalina nos aguardava.

— O senhor já fez constelação alguma vez? — ele me perguntou, e eu neguei.

— Apenas a Patrícia me contou como funcionou e o que aconteceu.

— Bom, de todo modo, vou explicar novamente. É bem simples e, ao mesmo tempo, complicado, se posso dizer assim. Aqui — ele pegou um saquinho de pano e, dele, tirou alguns bonecos com base plástica. Cada um aparentemente representava um tipo de pessoa: mulher, homem, adulto, criança etc. Almir colocou os cerca de 30 bonecos sobre a mesa.

— Estes são os bonecos que devem ser colocados na tigela com água. Apenas coloque e não toque mais. Escolha, um por vez, o que eles representam.

Fiz o que ele orientou. Primeiro, coloquei o boneco que me representava, depois aquele que simbolizava meu pai e, por fim, meu avô paterno. O último foi um boneco trajado de sacerdote.

De início, as peças apenas flutuavam, deslocando-se involuntariamente.

— Espere — ele disse.

Conforme um curto espaço de tempo passou, os bonecos do meu pai e avô se afastaram, e o "padre" se colocou entre minha representação e os outros dois.

Eu estava angustiado e queria saber o que tudo aquilo significava.

— Calma — ele pediu. Os bonecos ainda se mexiam, mas de modo lento. Foi então que aconteceu; o boneco do meu avô dirigiu-se na direção do padre e de mim, tocando a peça do sacerdote e afastando-o.

Almir meneou a cabeça, ainda sob meu olhar.

— O que é isso? — perguntei. — O que significa?

— Bom — ele começou a falar —, não existe uma interpretação exata para o que a constelação mostra, tampouco um livro de regras. Tudo tem a ver com a sua história. No caso, esse padre, que podemos interpretar como algum tipo de perturbação, foi afastado pelo seu avô. Em outras palavras, seu avô te protegeu, colocando o padre para longe.

— E o que o padre em si representa?

— Como te disse, depende de sua história — falou Almir. — Mas certamente seu avô está te protegendo.

Lembrei-me do sonho em que meu avô aparecia e me convencia a não desistir de viver. Fazia total sentido.

— Mas e meu filho? Depois de mim, ele é o próximo na linhagem — falei.

— Vamos ver. Coloque os bonecos. Primeiro, um que represente a criança e, depois, um que represente proteção.

Foi o que fiz. Coloquei o boneco que representava Pedro na bacia e, em seguida, a figura de um anjo. Meu estômago se contorcia. Eu estava aflito. E se o tal padre fosse na direção dele? E se, de algum modo, ele também corresse perigo?

Para meu alívio, o boneco do anjo dirigiu-se à figura de Pedro, colocando-se ao seu lado — ambos longe do tal padre.

— E isso? — perguntei.

— Significa que seu filho está protegido. A sina dos Távora já foi quebrada. Parou em você. Ele está fora, felizmente.

Eu tinha tanto a agradecer! Aliviado, voltei para casa e abracei todos de minha família incansavelmente. Eu estava feliz por todos, inclusive por Pedro, e, também, por mim. Eu não fazia ideia do quão aliviado eu ficaria ao tirar o peso que sempre estivera sobre meus ombros, desde a adolescência, quando me vi responsável pela minha família.

Olhei nos olhos de Pedro e pensei, afagando seu cabelo:

Você está seguro. Não se preocupe.

Aquele fora o primeiro passo importante para virar o jogo. O passo seguinte estava em meu quarto, em casa. Obviamente eu sabia, ainda que por cima, a história de minha família, que emigrara de Portugal para cá. Mas eu precisava saber mais. E, então, resolvi beber da fonte — no caso, um livro, escrito por José Norton, chamado O *último Távora*.

Naquela mesma noite, comecei a desbravar as páginas. Na verdade, eu as *devorei*.

Na história, real, era contada a trajetória da família Távora em Portugal, pelos olhos do menino Pedro de Almeida, neto do marquês de Távora.

Pedro (impossível não pensar na coincidência) era uma criança quando foi afastado de sua família. Próximos do rei, os Távoras foram alvo de intrigas e muito ódio em sua época, e acabaram por sofrer uma terrível perseguição.

Durante dezoito anos, Pedro ficara longe da família: o pai foi encarcerado no Forte da Junqueira; a mãe e as irmãs fechadas no Convento de

Chelas. Mas, na sombra, um homem poderoso velava pela sua educação, Sebastião José de Carvalho e Melo, futuro marquês de Pombal, ironicamente o carrasco que tinha perseguido a sua família.

Homem, Pedro se tornaria o marquês de Alorna, e teve participação ativa em vários episódios bélicos da história de Portugal na segunda metade do século 18, inclusive na fuga da família real para o Brasil. Por fim, acabou por aliar-se a Napoleão e, assim como boa parte do exército francês, sucumbiu ao inverno russo.

Entre fisioterapias e descansos, terminei o livro em algumas semanas. Para minha surpresa, conforme devorava as páginas, recordava de várias passagens de meus sonhos no coma: o campo de batalha, o escudeiro, as vozes de ódio dirigidas a mim.

Se tudo aquilo havia sido coincidência, então eu era o cara mais sortudo do mundo — mas sabia que estava longe de ser simples acaso.

Meu passado, o Rodrigo que vislumbrei do outro lado, meu desejo bélico — tudo estava interligado. Para cada nó que eu desatava, outro surgia.

Eu queria respostas e só havia um meio de consegui-las de modo efetivo.

CAPÍTULO 17

VIDAS, MESTRES E APRENDIZADOS

Como já disse, nasci e cresci em uma família espírita, de modo que conceitos de reencarnação e mundo espiritual não são exatamente algo estranho. Contudo, a rotina da vida e algumas decepções fizeram com que eu me afastasse do Centro Espírita que eu costumava frequentar.

Ainda que muito debilitado para participar de uma sessão junto com muitas pessoas (eu evitava sumariamente aglomerações), consegui contatar, por indicação de minhas irmãs, o líder de uma casa espírita, chamado Sr. Augusto. Por ser bastante próximo de Fernanda e Patrícia, ele aceitou agendar um horário para vir até minha casa.

Eu o recebi na varanda, com xícaras de café, bolo e água. Ainda tinha muitas limitações alimentares e não podia beber líquidos, então olhá-lo saborear tudo aquilo era um martírio.

Entre cafés e pedaços de bolos, contei a ele minha história: os sonhos, minha *morte* durante a extubação e a sessão de Constelação

Familiar. Sr. Augusto ouviu a tudo com interesse genuíno e, calado, deixou que eu seguisse com o relato sem interrupções — vez ou outra, eu precisava parar para descansar ou limpar as lágrimas.

Quando terminei, ele calmamente solicitou que fizéssemos uma oração. Pediu orientação aos guias, rezou um Pai Nosso e uma Ave Maria. Eu o segui, de olhos fechados e mãos postas.

— O que o amigo me contou é realmente bastante interessante — ele disse, após terminar a oração. Ofereci mais café e, enquanto Rúbia preparava outra xícara, Sr. Augusto prosseguiu: — Não costumo atribuir tudo a causas espirituais. Instruo aqueles que procuram nosso centro a refletir sobre as próprias responsabilidades e as consequências de seus atos. Afinal, atribuir tudo aos nossos irmãos do outro mundo seria, no mínimo, cômodo.

Assenti, enquanto Sr. Augusto abria espaço para a xícara de café fumegante.

— É fato que uma das principais diferenças entre espíritas e católicos, por exemplo, é que acreditamos que o mundo espiritual e o nosso mundo, terreno, estão de algum modo conectados. Nossos irmãos do outro lado conseguem nos contatar energeticamente, podem se ligar a nós, algo que outras religiões praticamente descartam. Obviamente, essa influência nem sempre é positiva. Muitos irmãos agonizam em sofrimento e estão presos à Terra, e se conectam a nós por afinidade ou porque pertenceram à nossa família carnal. Nesse caso, nem sempre o resultado é bom, principalmente quando temos a mediunidade mais sensível.

— Eu nunca tive qualquer tipo de mediunidade — expliquei.

— Todos temos, irmão — ele disse, taxativo. — Talvez nem todos tenham manifestações tão intensas, mas, no seu caso, a racionalidade pode ter sido um bloqueio. A comunicação sempre ocorre do lado de lá para cá, mas, para isso, também temos que estar abertos.

— O senhor acha que tive algum acesso a vidas passadas ou algo assim? — perguntei.

— Como disse, prefiro não me levar apenas pelo conhecimento espírita. Nossa mente tem o poder de fabricar coisas também — respondeu. — Seja como for, antes de tudo recomendo que o senhor ore para que Deus e seus guias deem discernimento e sabedoria ao senhor. Então, certamente virá a compreensão.

Sr. Augusto bebericou o café e largou a xícara sobre o pires.

— Existem algumas lições que podem ser aprendidas com tudo o que o senhor me contou. O que intuo é que o senhor esteve, sim, acompanhado por seus guias e, também, por parentes desta e outras vidas. Talvez alguns desses estejam reencarnados e convivam com o senhor. É o ciclo de resgate. Quando optamos por reencarnar, normalmente revivemos nossa rede de contatos para prosseguir com nosso ajuste de contas. Enquanto houver lição a ser aprendida, sempre haverá uma nova oportunidade. Deus é misericordioso conosco.

Lembrei-me do escudeiro, cujo rosto era igual ao do meu assistente de pesquisas. Tempos diferentes, porém a sensação de estar diante da mesma pessoa. Quantos cruzaram e cruzam meu caminho, no âmbito familiar e profissional, caminhando ao meu lado na tentativa de serem vistos, valorizados ou aprovados? Teria eu, algum dia, falhado nesse sentido? Teria eu, sem querer, deixado de dar o devido valor ao trabalho de alguém, como eu fizera naquela outra realidade?

Tal pensamento me encheu de culpa, algo que compartilhei com Sr. Augusto.

— Acha que aquele oriental dos meus sonhos, de algum modo, era um tipo de guia? A avó de minha esposa era japonesa. Tínhamos uma afinidade muito grande — perguntei.

— Pode ser. Isso explicaria a sala com motivos orientais em que o senhor foi tratado também — respondeu Sr. Augusto. — No mínimo, ele era um espírito com muita ligação com o senhor. Às vezes, nossos irmãos solicitam a missão de nos acompanhar em nossa jornada na Terra. Nós não os vemos, mas eles estão ao nosso lado.

— Meu avô, que foi assassinado, me apareceu num momento crucial — eu disse. — Graças a ele e à Carla, eu não desisti de viver.

O Sr. Augusto respirou fundo antes de seguir:

— Nossas ligações familiares são as mais fortes. Afinal, eles, e nós, escolhemos dividir a vida; ele como pai do seu pai, e você como seu neto. Certamente ele desempenhou um papel importante. O senhor comentou sobre a maldição dos Távora; talvez Deus, em seu amor infinito, tenha aberto o caminho para que essa maldição finalmente tivesse um fim. Foi um processo sofrido e doloroso para o senhor, mas era necessário para que esse ciclo de tragédias se encerrasse definitivamente. O bem que fazemos, assim como o mal, deixa marcas em nosso espírito e nos irmãos com quem convivemos. É importante o senhor ter em mente que, ainda que tenhamos feito algo ruim a alguém noutra vida, a reencarnação é a oportunidade de corrigirmos esses erros. Não é algo como a impressão digital, que nos acompanha e não pode ser alterada. A oração a nossos guias e aos amigos espirituais é outro recurso importante. De todo modo, se há algo a ser corrigido entre o senhor e esses conhecidos desencarnados, sem dúvidas esses sonhos lhe mostraram que é o momento de agir.

— Por isso me incomoda tanto... eu sinto uma angústia terrível — falei. — Um incômodo, como se eu estivesse perdendo tempo de reverter algo importante.

Ele riu.

— E o senhor diz que não tem mediunidade?

— Como assim? — estranhei.

— Essa sensação de que há algo a ser feito, um caminho que foi iniciado e deve ser retomado, certamente é a intuição que o senhor está recebendo daqueles que o amam.

— Então, realmente faz sentido? Digo, eu devo prosseguir e descobrir o que está por trás disso tudo?

— Com certeza! Vou orar pelo senhor, mas o senhor também deve estar sempre em oração. Poucos têm a chance, ou diria privilégio, de passar pelo que o senhor está passando: um passe-livre para resolver problemas do passado, de outras vidas, corrigir erros desta encarnação e recomeçar. Mas, subir nessa condução e partir nessa viagem é algo que só o senhor pode decidir.

— O oriental dos meus sonhos me disse algo semelhante algumas vezes. Que a decisão sempre era minha.

— Temos livre-arbítrio e o senhor certamente fará bom uso dele.

Assenti. Conversamos por mais alguns minutos e, então, oramos novamente, pedindo intervenção dos guias para que iluminassem meus pensamentos e decisões.

Quando Sr. Augusto foi embora, eu me sentia mais aliviado. Mas uma questão ainda permanecia: eu tinha, de algum modo, que acessar novamente aquela realidade — a realidade que me foi mostrada nos sonhos. Reencontrar aquelas pessoas e, se possível, corrigir meus erros e, acima de tudo, aprender.

Só havia um caminho para isso.

CAPÍTULO 18

REGRESSÃO

egressão. Um assunto bastante polêmico, inclusive para quem, como eu, teve uma educação espiritualista. Existem vários métodos para atingir o estado regressivo e acessar memórias incrustadas em nosso inconsciente, permitindo-nos lembrar de coisas da infância, adolescência etc. Porém, em casos mais extremos, alguns profissionais trabalham com o que se chama de regressão espiritual, em que a *viagem* vai muito além desta vida.

Seja como for, o objetivo sempre é o bem e, sobretudo, ajudar o paciente a eliminar traumas — cujas razões muitas vezes ele próprio desconhece. Claro, assim como tudo o que se faz na vida, é importante procurar um profissional qualificado para tal terapia. Por isso, tive que pesquisar muito antes de optar por me consultar com Diva Franco, em seu Centro de Desenvolvimento localizado em São Paulo.

Em minha primeira consulta, fui recebido com extrema simpatia por Diva. Ainda assim, foi bastante difícil recordar-me dos dias em coma e das experiências por que passei. Eu ainda não sabia se tudo aquilo fora apenas um sonho ou se realmente tinha algum significado espiritual, apesar das coincidências — como a sessão de constelação familiar e a aparição de meu avô em meu sonho, as vozes e os vultos que ouvia e via enquanto as pessoas que me eram queridas se uniam em correntes de oração.

Ela tomava nota de tudo e, vez ou outra, meneava a cabeça afirmativamente enquanto eu fazia meu relato — muitas vezes, sendo interrompido pelas lágrimas.

Tentei ser o mais detalhista possível, esforçando-me para não esquecer nenhum detalhe. Manter a linearidade das memórias também era algo difícil, já que os sonhos pareciam ter sua própria linha temporal.

Quando terminei, Diva fechou seu caderninho de anotações e sorriu para mim. Definitivamente, eu me sentia acolhido ali, algo que seria essencial para acessar momentos tão íntimos e duros.

— Rodrigo — ela começou a falar, diante de meu olhar ansioso —, sonhos podem ter muitos significados. Claro que é preciso ter em mente que você estava sob o efeito de medicações fortes e há o que chamamos de restos diurnos. Basicamente, nosso cérebro capta muita informação ao longo do dia. Às vezes, essas informações não são registradas por nossa memória superficial, mas nosso subconsciente capta tudo. No sono, essas informações passam por um tipo de *download* e o cérebro começa a processá-las. Pode ser que muito do que você viu e vivenciou seja isso. Mas tenho experiência o suficiente nesta área para afirmar que, também, existe forte possibilidade de que boa parte dessa experiência tenha fundo no acesso a vidas passadas, ou algum tipo de viagem espiritual guiada para que você aprendesse algo.

Meneei a cabeça afirmativamente, indicando que eu estava entendendo.

— Na regressão, contaremos com a ajuda de seus guias para nos auxiliar a acessar esse *espaço*, e, então, poderemos descobrir juntos o significado de tudo por que você passou. Um passo importante é que você está efetivamente disposto a realizar essa viagem, que, afirmo, pode ser bastante desgastante. Mas estarei contigo o tempo todo. É algo que levo bastante a sério. Você compreende?

— Compreendo — falei, inclinando-me e entrelaçando os dedos. — O que quero é entender por que, mesmo estando aqui, de volta, junto de minha família, sinto que há algo importante que ficou do outro lado. Algo que deixei escapar e que preciso resgatar.

Diva riu.

— Que bom que você tem uma formação no espiritismo. Já lidei com gente mais cética que precisou de um baita chacoalhão para entender o que se passava com elas. Afirmo que ninguém que passa por esse tipo de experiência volta o mesmo.

— Eu devo confessar que no dia a dia, na minha profissão e família, me afastei um pouco da espiritualidade — falei. — Claro, eu creio, mas a gente deixa de pensar nesse tipo de coisa na correria diária. Coisas que antes eram importantes para mim, como roupas e acessórios, hoje parecem não ter importância alguma. Parece que perdi um tempo enorme me preocupando com elas. Será que foi isso que esses sonhos quiseram me mostrar? Que eu devo me reconectar com o espiritual?

— Muito provavelmente — Diva assentiu. — Mas vamos tirar essas camadas de dúvidas pouco a pouco. Você está preparado?

Fiz que sim. Eu estava.

Então, Diva pediu que eu me sentasse de modo cômodo na poltrona e iniciou um tipo de hipnose, guiando-me a um estado de torpor com a voz e evocando a proteção de meus guias. No começo não foi simples desconectar-me da realidade e ceder ao processo, mas, focando suas palavras que me guiavam para um lugar muito além daqui, finalmente consegui me desconectar e retornar ao mundo que, em meu coma, visitara.

E foi assim que comecei, passo a passo, a compreender cada experiência que tive do *outro lado*. A partir daqui, tentarei descrever com mais detalhes o que experienciei e como, efetivamente, ligar os pontos entre os sonhos e os objetivos que cada lugar e pessoas com quem me encontrei mudou minha vida para sempre.

CAPÍTULO 19

TRIBO

Lá estava eu, de volta à tribo que tinha o belo vitral ao centro. Tudo parecia exatamente igual ao que me recordava: as casas que se assemelhavam a ocas, dispostas ao redor do colorido vitral que estampava a figura de uma onça em cores vivas.

Porém, diferentemente da primeira vez, quando me vi cercado por pessoas que queriam me agredir, eu fui recebido apenas por um homem bastante idoso vestido com roupas típicas: uma túnica e colares coloridos. Segurava um cajado de madeira na mão direita. Pela postura e vestimenta, deduzi ser um tipo de xamã.

— Então o senhor está de volta? — ele me perguntou, dando-me as boas-vindas.

Eu ainda estava tenso, já que, durante minha primeira estada naquele lugar, as coisas não correram muito bem. Na ocasião, achei que era apenas um sonho ruim, mas, pisando novamente naquele lugar, tinha certeza de que era muito mais do que isso.

— Mas o senhor está diferente da primeira vez. Digo, é o senhor, mas, ao mesmo tempo, não é.

— Eu agradeço por me receber novamente — falei, de modo humilde. De fato, eu não era aquela pessoa arrogante e autoritária que lá estivera. Naquele momento, era unicamente Rodrigo Távora, que retornava àquela tribo em minha encarnação atual. — Onde estão as outras pessoas?

— A que o senhor se refere? — perguntou-me o xamã.

— As pessoas e os vultos que me agrediram quando eu estive aqui — expliquei. — Não vejo ninguém agora.

— Talvez seja porque sua realidade agora é outra — ele me deu as costas e começou a caminhar em direção ao vitral localizado no centro da tribo. — As pessoas que procura estão ali. Consegue enxergá-las?

Foi somente naquele momento que notei algo estranho. Havia incontáveis vultos sobre o vitral colorido. Pareciam-se mais com sombras e se agitavam de maneira furiosa. Mesmo relativamente distante, eu conseguia sentir a fúria que emanava deles, o que me deixou bastante assustado.

— O senhor trouxe o pedaço do vitral? — perguntou-me o xamã.

Instintivamente, coloquei a mão no bolso da calça. Ali estava ele — um pedaço colorido que falta ao vitral, o mesmo que estava comigo da primeira vez.

— O que devo fazer com isto?

— Devolva ao lugar de origem — orientou o xamã. — Recoloque no vitral. Ele não devia estar com o senhor. Agora, é a oportunidade de consertar isso.

Caminhei em direção ao vitral. Conforme me aproximava, os gritos e gemidos dos vultos se tornavam mais fortes.

— Não tenha medo. Eles não podem sair dali — disse o xamã.

— Mas eles me odeiam. Posso sentir. Por que têm tanta raiva de mim?

— Assim como todos nós, o senhor também tem coisas a resgatar. É assim com todos os espíritos encarnados que caminham sobre a Terra. Porém, o senhor, a pessoa que está aqui neste momento, já pagou seu resgate com estes que o odeiam. Agora, eles estão presos à própria raiva.

Aproximei-me do vitral e, com cuidado, encaixei o pedaço que estava comigo no buraco faltante. Pronto, estava finalizado.

— O que faço agora? Quando eles me perdoarão?

— O senhor fez sua parte. Na vida, no ciclo das encarnações, cada um tem responsabilidade sobre seus atos e, claro, enfrenta as consequências. O senhor pôde vivenciar seus erros e consertá-los. Ainda está na caminhada, e cada dia, cada nova experiência com amigos, familiares e desconhecidos é uma oportunidade de fazer a coisa certa. Quanto a eles — o xamã apontou para os vultos agitados —, assim como o senhor, eles têm a própria missão que, inevitavelmente, deve passar pelo perdão ao malfeito.

— Não há nada que eu possa fazer?

— Seus erros já foram perdoados e superados. O melhor para o senhor é olhar para frente seguir adiante. As pessoas presas às mágoas terão que entender que a liberdade e a evolução passam pelo perdão — disse o xamã. — Entenda que, de sua parte, não há mais resgates a fazer.

O senhor precisava entender que errou, entender o que é certo, se arrepender e pagar pelo que fez. Isso já foi cumprido. Agora, precisa tirar essa culpa e seguir em frente, mais leve. Há muito o que fazer ainda e muitos a quem ajudar. Livre-se dessa culpa; ela não faz mais sentido.

Assenti. Eu havia entendido. De todo modo, orei pelas pessoas presas àquela mágoa toda e, do fundo do coração, pedi a elas o perdão pelo mal que eu lhes havia feito.

Antes de me despedir do Xamã, perguntei a ele o seu nome para agradecê-lo.

Ele sorriu e me disse:

— Nome? Não se preocupe com isso, nós aqui não temos nomes ou rótulos. Nomes, títulos são coisas que vocês na Terra inventaram para reconhecerem e serem reconhecidos. Nós não precisamos disso.

Naquele momento, escutei a voz de Diva me chamando de volta. Era o momento de partir dali. Despedi-me do velho xamã e, paulatinamente, permiti que meu corpo e mente fossem conduzidos de volta pela voz de Diva.

Quando abri os olhos, vi-me sentado na mesma poltrona. Eu sentia-me cansado e confuso, mas ao mesmo tempo leve. Instintivamente, toquei o bolso da calça à procura do pedaço do vitral, mas não havia nada.

Esfreguei os olhos enquanto Diva me explicava tudo por que eu tinha passado. Ela estivera comigo o tempo todo.

Aquela fora a primeira de outras experiências curativas. Eu estava determinado a seguir.

CAPÍTULO 20

CAMPO DE BATALHA

Na segunda sessão, fui encaminhado à mesma casa colonial de onde acessei um estranho portal que me levou a uma espécie de campo de batalha medieval. A primeira experiência de ter estado ali foi chocante e dolorosa, de modo que fui tomado por um medo ainda maior do que quando visitei a tribo.

Felizmente Diva estava comigo, me guiando, e eu sabia que, mesmo que houvesse riscos, era um processo necessário pelo qual somente eu poderia passar.

Vamos lá, Rodrigo, coragem!

Ao contrário da outra vez, eu não estava cercado de inimigos. Caminhei até a porta e, determinado, segurei a maçaneta e girei. Meu passo seguinte, já no interior da casa, me levou a um vasto campo verde. Não havia mais corpos ou cavalos ali, somente uma vastidão selvagem, na qual meus olhos podiam identificar planícies e montanhas.

O ar puro e o céu limpo de fato eram um alento. A civilização como a conhecemos parecia estar séculos atrás daquele lugar.

Caminhei pelo campo à procura do jovem escudeiro que me

socorrera na outra ocasião. Mas, por mais que meus olhos procurassem, eu não conseguia perceber uma viva alma.

A voz de Diva, que parecia ecoar em minha cabeça, pedia que eu continuasse.

Ao longe, já na linha do horizonte, avistei algumas árvores frutíferas que combinavam perfeitamente com a paisagem bucólica.

Instintivamente, caminhei até elas e, para minha surpresa, conforme me aproximava, reconheci a figura do jovem escudeiro descansando debaixo de uma delas.

Apressei os passos até estar perto o bastante para que ele me visse também. Acenei e vi que, rapidamente, o rapaz se colocou em pé, de modo exasperado.

— Fico feliz em te encontrar de novo — falei, em tom alto o bastante para que ele me ouvisse.

— S...senhor? — ele parecia confuso. — Peço perdão, só estava descansando.

Suas roupas, um misto de branco, terra e restos de sangue, estavam rasgadas e eram bem velhas. Seu rosto estava igualmente sujo.

— Não se preocupe. Não aja assim, por favor!

Confuso, ele me encarou como se estivesse diante de algum tipo de aberração.

— Mas, senhor, eu deveria estar atento, em guarda. Essa é minha função, sempre foi. Estar pronto para agir ao lado do senhor.

Eu assenti.

— Então, se eu dito as regras, peço que sente — falei. — Sente-se e continue relaxando.

O rapaz me obedeceu sem hesitar e então sentei-me ao seu lado.

— Sei que para você parece estranho, mas gostaria que me ouvisse — eu comecei. — Talvez você não saiba, mas esta não é a primeira vez, e nem será a última, que nos encontramos. Em todas elas, você sempre foi um grande parceiro. Acredite em mim, não estou mentindo para você. Sei que salvou minha vida algumas vezes, e te afirmo que salvará novamente.

Eu não tinha dúvidas de que o rapaz era o mesmo que me salvara da malfadada experiência com a nave anfíbia. Porém, pela sua expressão, ele estava longe de compreender o que eu dizia.

— Então, não posso me comportar como seu senhor, me entende? Na verdade, se estou vivo, devo a você. Não quero que me veja como alguém superior a partir de agora — levantei-me e lhe estendi a mão. Hesitante, ele a segurou, e também ficou em pé —, mas como um ser humano como você. Sem mais, nem menos. Aliás, se eu for analisar, possivelmente você é muito melhor do que eu, porque continuou fiel, mesmo sendo maltratado.

Aproximei-me do rapaz e o abracei com força.

— Muito obrigado por tudo.

Ainda atônito, o rapaz chorava.

— Você quer me dizer algo? — perguntei.

— Eu... eu... eu sempre admirei o senhor. Mas o senhor parecia nunca me enxergar. Eu não passo de um servo, alguém que não faz mais do que a obrigação por ajudá-lo. Mesmo quando salvei sua vida, eu não esperava um elogio ou algo assim... seria demais... Eu só queria que o senhor se sentisse feliz por estar vivo e sorrisse, grato pelas pessoas que estão ao seu lado dispostas a dar a vida pela sua.

Voltei a olhar para aqueles campos tão vastos. Imaginei as batalhas que ali ocorreram e as pessoas que tinham morrido sob meu comando ou devido à minha espada. Lembrei-me do destino dos Távora, do quanto minha linhagem estava ligada ao universo militar e guerreiro e das vidas que tinham *sido perdidas* por isso.

Aquele ciclo tinha que acabar. Eu não podia mudar o passado, mas era minha obrigação romper algumas linhas que ligavam pessoas às mágoas causadas pelos meus atos. Sobretudo, pagar com gratidão a oportunidade de não apenas estar vivo, mas também de poder retornar a esses momentos e me redimir.

— Então, saiba que sou muito grato a todos vocês... a você e a todos os que lutaram comigo. Talvez não haja tempo o bastante para eu agradecer o necessário, mas quero que saiba que, neste momento, estou falando o mais sincero "muito obrigado". Do fundo do meu coração. Ninguém pode chegar a lugar algum sozinho. Meu sucesso, se é que tive algum, devo a vocês.

O jovem me abraçou novamente, com força. Ambos chorávamos.

Foi bastante intenso e renovador.

— Você está livre para seguir seu caminho — eu falei, olhando em seus olhos —, ir adiante em sua própria trajetória. Seu caminho não precisa mais ser o meu. Você entende?

Ele fez que sim, enquanto limpava as lágrimas.

A voz de Diva me chamava de volta; havia chegado a hora de retornar.

— Fique com Deus — completei, antes de partir. Eu tinha a certeza de que, ainda que não fosse o suficiente, eu havia quebrado qualquer laço que ligava nossas vidas (eu como chefe, e ele como servo). Nossos destinos não mais seguiriam unidos, em paralelo, numa relação de dependência e mágoa.

Ao retornar para o consultório de Diva e abrir os olhos, eu estava preenchido com a certeza de que não havia sido aquele rapaz a ser liberto. O maior liberto de toda aquela história era eu.

CAPÍTULO 21

FELIZES SÃO OS MANSOS E OS PACIFICADORES

*F**elizes são os mansos, não os bobos, mas os que exercem o autocontrole para não praticar o mal.*
Felizes são os pacificadores que promovem a paz, que constroem reconciliações, que constroem pontes.

Hoje, tenho essas duas frases como espécies de mantras. Mas não foi sempre assim.

Na terceira regressão, vi-me de volta ao campo de aviação. O avião que me levaria ao show aéreo me esperava e eu trajava o mesmo terno fino. As pessoas me reverenciavam, mas, ao contrário da primeira vez, aquilo tudo me causava uma estranheza enorme. É como se eu estivesse trajando algo que não me pertencia.

Caminhei pela pista levando minha valise. Eu sabia o que havia ali: a espada que eu tanto estimava, meu amuleto da sorte e símbolo de meu *status*. Cumprimentei o piloto, que me aguardava ao lado da escada que levava ao interior da aeronave, e subi os degraus.

A aeromoça, a mesma que encontrara no sonho, veio até mim com a máxima solicitude, preocupada em me ajudar com a valise.

— Bom dia, senhor — ela me disse, quase servil. — Posso guardar sua valise no bagageiro?

Entreguei a valise a ela, sentindo um aperto estranho no peito. Eu era Rodrigo Távora naquele momento, não aquele homem austero e cheio de si, porém algo dele estava em mim. Percebi que, ainda que estivéssemos em realidades diferentes, eu não podia me desconectar totalmente de quem eu havia sido um dia.

É uma lição dolorosa de aprender. Esquecer não significa que as coisas não tenham acontecido. Mas os erros também não são coisas que selam nosso destino para sempre. A vida nos enche de oportunidades de consertarmos os desvios, e eu estava diante de uma delas. Ou seja, não podia falhar.

Quando, por descuido da aeromoça, a valise foi ao chão e se abriu, tive que me conter. A visão da espada e de seu belo cabo jade com madrepérolas no chão da aeronave fez meu sangue ferver.

— S... senhor, me perdoe. Me desculpe, eu pego para o senhor.

Ela agachou-se e pegou a espada, recolocando-a na valise e guardando no bagageiro.

Respirei fundo e, então, antes que ela partisse, falei:

— Senhorita, está tudo bem.

Ela pareceu surpresa.

— Foi um erro. Acontece. Todos erramos. Eu também erro e sei que não foi sua intenção. Obrigado pelo cuidado com a valise e com a espada. Esse objeto representa muito para mim.

Aliviada, ela assentiu e caminhou em direção à cabine. Recostei-me no assento, esperando a aeronave decolar.

Ao longo do voo, ela me atendeu diversas vezes, sempre solícita. Então, notei algo importante: ela não sentia mais medo de mim. Pelo contrário: em seus gestos, eu notava algum tipo de admiração.

O respeito, seja ele qual for, nunca deve ser conquistado pela força, e eu estava aprendendo aquilo. Em minha vida como profissional, como pai ou marido, nunca desejei ser temido. Mas aquela realidade me lembrava a importância da mansidão e, ao mesmo tempo, me dava outra oportunidade de me desculpar com as pessoas que magoei.

Após o show aéreo, fui conduzido ao mesmo hangar onde estava meu escritório. Para minha surpresa, apesar de minhas atitudes terem mudado, aquele estranho mal-estar, o mesmo que me levou a desfalecer da primeira vez, retornou.

Fechei-me em minha sala após cumprimentar todos com quem cruzei no caminho e sentei-me atrás da mesa. De olhos fechados, mergulhei na reflexão sobre minhas atitudes.

Eu era temido, não respeitado. Reverenciado, não amado. Em nossa caminhada espiritual, estamos sempre em evolução. Nunca regredimos;

e, mesmo que em nossa existência atual não estejamos no melhor de nós, ainda assim é o máximo que podemos entregar de acordo com nosso estágio evolutivo. E, mais do que tudo, aquilo que nos acontece é uma oportunidade de aprendermos, filtrarmos nossas ações e emoções para que, dali, surja um ser humano melhor.

Quando retornei, Diva carinhosamente me tranquilizou. Eu ainda trazia um pouco da angústia de presenciar a forma dolorosa como eu tratava as pessoas e como eu era temido. Eu não queria nada daquilo e, de certo modo, me envergonhava daquele Rodrigo.

— Pense em um café sendo coado. Uma vez, depois de novo e de novo. O tempo que demora não é o que importa, e sim o resultado, ou seja, o café ficar ótimo — disse Diva. — Assim é a experiência por que você passou, Rodrigo.

— Mas por que demorei tanto para mudar? Por que não percebi que eu magoava as pessoas sendo daquele jeito?

— Não seja tão duro consigo — ela falou. — Todos estamos evoluindo. Mesmo o Rodrigo de hoje tem muito a aprender, assim como eu e todos os demais. O importante é que você aprendeu. Hoje, é um homem diferente daquele que viu em seus sonhos. Essa evolução liberta não apenas você, mas também aqueles que têm os destinos ligados ao seu. Mas não se esqueça de que eles são responsáveis pelas próprias atitudes e sentimentos. Assim como você, eles têm uma jornada que não pode ser dividida com outra pessoa.

Aquela era uma lição importante. Assenti, sentindo-me mais aliviado. Na regressão, eu tive que fazer uma limpeza de tudo de ruim que estava dentro de mim, coisas que eu trazia de vidas passadas, arrependimentos que me impediam de crescer.

Tive que pensar nas minhas atitudes, nos impactos que eu causei na vida dos outros, entender no que errei, saber o que era correto e não só deixar de fazer o mal, mas começar a fazer o bem.

— Fiquei pensando numa coisa — falei. — No hospital, quando ainda estava me recuperando, eu dependia totalmente das pessoas. Em meus sonhos, quando eu estava doente, a sensação era a mesma: eu estava irritado por não conseguir fazer as coisas sozinho, perder a autonomia.

— E o que você aprendeu agora? — perguntou-me Diva.

Chorando, respondi:

— Humildade. Não somos nada. Nada podemos fazer sozinhos. Chegará o momento em que teremos que ser amparados ou amparar. Dois lados da mesma moeda. Somos frágeis e, por mais que eu tenha conquistado coisas, não passo de um ser humano. Alguém que é frágil e que precisa saber pedir ajuda. E aceitar quando lhe estendem a mão.

Diva sorriu. Eu havia aprendido uma grande lição.

CAPÍTULO 22

O TEMPO NECESSÁRIO NÃO É O NOSSO TEMPO

Sobre tempo e codependência, eu ainda teria outras experiências a serem aprendidas. Foi exatamente o que esta regressão me ensinou.

Inicialmente, eu me vi em uma casa de fazenda. Era uma construção grande; eu era um homem poderoso e, como sempre, autoritário. Porém, estava confinado numa cama, sozinho em meu quarto. Um cateter estava preso ao meu braço, ligado a uma bolsa de soro.

De repente, toda a aflição e dor que senti antes da intubação e durante meus sonhos retornou. Eu queria gritar, pedir ajuda, mas estava sozinho. Todo poder, terras e dinheiro de nada me serviam naquele momento.

— Socorro! — pedi

Eu não queria morrer, mas sentia meu fim bater à porta a qualquer momento. Desesperado, fechei os olhos com força. A voz de Diva tentava me tirar daquela realidade, porém a dor e a confusão mental atrapalhavam.

Por fim, senti a dor se dissipar. Eu estava em outro ambiente — este, sim, bastante familiar: a sala de cura de paredes brilhantes e alaranjadas.

Era um espaço de tratamento, no qual passei um tempo incontável nos sonhos. E não apenas eu: havia outras pessoas em tratamento no mesmo espaço, que tinha um caráter bem impessoal. Mesmo quando saía do recinto para outras salas de cura, era para lá que retornava, sempre debilitado e com dores terríveis. Por diversas vezes, nas quais reclamei ao homem oriental que estava comigo e às mulheres que me acompanhavam no tratamento, escutei que era necessário focar pensamentos positivos e ter paciência. Ou seja, eu estava passando por um sofrimento relativo ao meu grau de maturidade e consciência.

Vi as pessoas que, outrora, como eu, estavam passando por um tipo de atendimento. Me compadeci delas, mas não havia nada que eu pudesse fazer. Então, fechei os olhos e orei. Olhando a situação de fora, como observador, percebi que nenhum sofrimento é realmente em vão. Todos, por mais dolorosos, têm como objetivo nossa cura enquanto permanecemos neste mundo.

— Bom ver o senhor de volta — a voz às minhas costas chamou a atenção. Virei-me e topei com o oriental de meus sonhos.

— Você?! — exclamei, surpreso.

— E então? — ele me perguntou, sustentando o sorriso de sempre.
— O senhor encontrou o que veio procurar?

Eu não sabia exatamente o que procurava até me ver de novo naquela sala de tratamento. Diante do sofrimento das pessoas ali, e das lembranças de meu próprio estado, eu havia compreendido. Tudo fora extremamente necessário. O sofrimento não é uma punição, ao contrário do que podemos imaginar, mas uma forma de nos lançarmos à evolução.

— Eu não estava sendo punido — falei. — Também não estava aqui para morrer, ainda que, por vários momentos, eu achasse que fosse. O objetivo de tudo era me fazer aprender.

O oriental assentiu.

— Gostaria de voltar àquela sala com ornamentos orientais — pedi. — Foi lá que realmente comecei a me sentir melhor, o último estágio até meu retorno.

Nesse momento, a imagem do oriental confundiu-se com a voz de Diva, que seguia me guiando naquele labirinto de memórias e vidas.

Diante de meus olhos, como se todo ambiente rompesse os limites do tempo, as paredes e tudo mais naquela sala foram ganhando novas formas. Meus pés agora estavam sobre um tipo de tatame, e as paredes estavam forradas com motivos orientais.

O oriental havia desaparecido e, diante de mim, estava a figura da avó de Carla, Dona Maki.

Ela me olhava com ternura, mas sem dizer uma única palavra. No entanto, assim como da outra vez, eu podia sentir sua forte presença. Durante meu sonho, eu me recordei de como havia conhecido Carla e das inúmeras vezes que usamos a casa de Dona Maki como ponto de encontro. Aquele havia sido um momento muito importante, pois, a partir daquelas lembranças, mesmo em meio a tanta dor que sentia, eu tinha começado a me reconectar com minha família.

Saber que eles torciam por mim, que oravam pela minha recuperação e quão importante minha esposa e meus filhos eram em minha vida certamente me dera forças para retornar. Imagens se alternavam diante de meus olhos — eram rostos de pessoas que flutuavam sobre mim, todas com intenção de me ajudar. Um médico me explicava que eu teria que passar por várias cirurgias para me recuperar, mas eu não sentia dor alguma, tampouco podia vê-lo trabalhando.

Recordei-me das vezes que, no sonho, maltratei aqueles que cuidavam de mim. Mesmo diante disso, as enfermeiras nunca se afastaram. Não desistiram. Diante da dor e da morte, eu era *nada*. Só me restava obedecer e me deixar ser cuidado, num gesto verdadeiro de humildade.

A avó de Carla ainda me observava, complacente.

— Eu entendo que nosso tempo não é o tempo de Deus — falei para Maki. — E agradeço muito a senhora ter estado ao nosso lado, em vida, quando nos conhecemos, e também neste mundo, olhando por mim durante minha recuperação. Muito obrigado!

Quando abri os olhos, a imagem da avó de Carla havia desaparecido, assim como toda a sala. Estávamos apenas Diva e eu, sentados um de frente para o outro.

— Como se sente? — ela me perguntou.

— Sereno — respondi, sem hesitar. — Aos poucos, estou compreendendo tudo. Mas, conforme aprendo e entendo, uma coisa me aflige.

— E o que é? — Diva me perguntou, enquanto me servia um copo d'água.

— Tenho a sensação de que isso tudo... tudo o que estou descobrindo e aprendendo não pode ficar comigo. As pessoas têm que saber.

— Exatamente a que você se refere?

Bebi um gole grande, limpei os lábios e então respondi:

— Que perdemos muito tempo com coisas que não importam, enquanto os verdadeiros tesouros se vão num piscar de olhos. Temos um tempo limitado aqui para fazer as coisas certas, para focar o que é de fato importante, mas dedicamos tanto tempo àquilo que não tem valor algum...

— Eu acredito — ela começou a dizer, em tom calmo — que, quando você terminar essa jornada, será o momento de compartilhar com os demais o que aprendeu. Mas, como toda viagem, esta também tem começo, meio e fim.

Assenti. Ainda faltavam coisas para eu compreender. Mas o ímpeto de dividir com aqueles a quem amo tudo o que vi e vivi não parava de crescer.

CAPÍTULO 23

A VIDA É UM PRESENTE

Eu seguia firme no propósito de resgate de minhas vidas passadas e da compreensão de minha missão.

Nesta nova regressão, sempre com a ajuda de Diva, vi-me diante de uma lição importante: em um espaço de tratamento, bem diferente dos mais em que havia estado, era explicada a mim a necessidade de uma boa alimentação. Diante de mim, havia uma mulher esportista, cuja alimentação era totalmente voltada ao bom rendimento físico.

— Acha que é capaz de mudar sua alimentação também, Rodrigo? — ela me perguntou.

Eu sabia o que queria dizer. De fato, nunca me preocupei muito com o que comia, tanto pela rotina corrida como por hábitos ruins que acumulei ao longo da vida. Em outras palavras, eu era um adapto confesso do *fast food*.

Apesar de eu ter sido obrigado a me alimentar melhor depois do coma, ainda não tinha introjetado isso como algo realmente necessário a longo prazo.

— Hoje, você está preocupado com sua saúde espiritual, e isso é ótimo — ela me disse. — Porém, não pode esquecer que, enquanto estiver vivo, o corpo é sua morada. E, assim como cuidamos de nossa casa para a ela retornarmos todos os dias depois do trabalho, também devemos cuidar de nosso corpo por meio de uma alimentação adequada.

Eu compreendi. Isso representava uma mudança total em meu estilo de vida, que passava pelo padrão mental, mas também pelos hábitos alimentares. Eu já tinha ouvido falar que os alimentos (e como nos alimentamos) influenciam inclusive o modo como pensamos e agimos. Afinal, eles também possuem energia. Todavia, nunca consegui colocar uma alimentação saudável em prática — e era o momento de começar, reduzindo drasticamente o consumo de carne e optando por legumes e vegetais.

CAPÍTULO 24

UMA ALDEIA, MUITO APRENDIZADO

Eu estava de volta à sala onde, em meus sonhos, fui espancado sem qualquer piedade pelo grupo de orientais. Porém, daquela feita, eu não estava sozinho. Claro, havia conseguido retornar à mesma sala onde fui sumariamente surrado; contudo, diante dos meus olhos, passavam-se cenas aterradoras.

Era um campo de batalha e, nele, me reconheci como uma espécie de líder ou general. Eu caminhava, sujo de terra e sangue, à frente das tropas e dos prisioneiros, alinhados de modo a se sentirem subjugados, prestes a encontrarem seu fim.

Mas meu interesse não era matá-los, e, sim, exercer meu poder provocando-lhes dor. As torturas eram cruéis e infindáveis.

Senti uma forte náusea me tomar. Aquele... *aquilo* não podia ser eu.

Foi quando senti uma presença muito calorosa ao meu lado. Um homem, que deduzi ser algum tipo de guia ou guardião, sorriu para mim com serenidade e ternura. Curiosamente, ele trajava uma armadura de samurai.

As cenas a que assistia eram atrozes e eu definitivamente não merecia qualquer carinho.

— O perdão é a alavanca para a evolução, Rodrigo — ele me disse, calmamente. — Em vidas passadas, também éramos inimigos. Mas, hoje, estamos aqui. Sabe por quê? Porque houve perdão. No mesmo passo em que o ódio aprisiona a alma no sofrimento, o perdão é um modo singelo de libertação. Eu aprendi a lição, e você deve aprender também.

— Mas sou eu que devo ser perdoado, não perdoar! — exclamei. — Não vê? O sofrimento que infringi a essas pessoas... eu não mereço...

— Se você não se perdoar, não estará aberto a receber o perdão do outro. De fato, você foi cruel. E, hoje, não é mais. Evoluiu. Aprendeu. Está na hora de perdoar a si mesmo e, então, passar a ensinar.

Então, eu vi. Eu e ele estávamos num campo de batalha com espadas em riste, prontos para duelar. Por mais perfeitos que fossem os golpes e por mais dores que conseguíssemos infringir um ao outro, éramos iguais. Nenhum era páreo para derrotar o outro. Com um grande cansaço se abatendo nos dois, caímos no chão e cada um ficou sentado em um lado. Nos olhamos admirados tentando entender como não conseguimos vencer o oponente e como não morremos.

— Vê? Eu era como você — ele disse, sorrindo. — Éramos dois lados da mesma moeda. Se eu aprendi, você também pode. Dessa rivalidade que tínhamos nasceu a admiração e, então, a amizade. Você me ensinou muito, e acho que pude ensinar coisas a você igualmente. A troca é sempre válida quando o coração está aberto.

Era verdade e eu podia sentir. Quanto mais eu aprendia a cultura dele, mais envergonhado eu ficava, pois, aos poucos, percebi que não havia qualquer propósito nobre nas minhas batalhas. Eram apenas guerras, conquistas e arrogância, uns confabulando contra outros; intrigas e traições.

Ele me mostrou sua aldeia. Todos queriam, de fato, a paz.

— Não lutamos pela conquista, ao contrário de você — ele disse. — Só queremos trabalhar em prol da harmonia, cuidar uns dos outros. Se há luta, deve haver um propósito maior. Espero que tenha aprendido o seu.

Então, eu experimentei uma sensação que nunca tinha experimentado antes. Senti-me em um lugar em que poderia viver tranquilamente; não precisava desconfiar de ninguém, pois não havia necessidade de traição; ninguém me apunhalaria pelas costas e cada um entendia a importância do outro. Todos tinham suas funções e seu lugar respeitado. Não havia badernas nem brigas.

Pela primeira vez, eu percebi que títulos, dinheiro, terras e poder não faziam sentido se o seu propósito não fosse digno. Havia hierarquias, mas, quanto mais alto você fosse na escala, maior a responsabilidade para com o seu povo, e as pessoas que ocupavam esses cargos levavam isso muito a sério.

Acabei ficando naquela aldeia por muitos anos, vivendo aquela cultura, sentindo aquela paz e harmonia. Aprendi a cozinhar, limpar, construir, ajudar os outros e viver em comunidade, fazendo tudo o que todos os outros faziam, sem me sentir desmerecido, desrespeitado ou menos importante.

A sensação de poder trabalhar, cumprindo as atividades sem ter que me preocupar com o que estão achando de mim ou se vão me sabotar fez com que conseguisse produzir melhor, com mais paz e com qualidade de vida. Eu sentia vergonha das minhas atitudes do passado e não via sentido em continuar vivendo como eu era.

Eu não queria ir embora; queria ficar ali, sentindo aquela sensação de paz e nunca mais ter que me deparar com o meu passado, pois, além da vergonha, eu não via sentido em voltar para outra vida. Aprendi ainda a meditar, para me ajudar a aprender o autoperdão pelos meus atos do passado.

Eu e meu novo amigo decidimos, então, que, enquanto um estivesse encarnado, o outro seria seu guardião, e vice-versa.

E ali estava ele, ao meu lado, assistindo juntos ao passado. Com aquelas imagens, pude reviver aprendizados e introjetar ensinamentos importantes. Eu ainda tinha uma missão a cumprir e agora tudo ficaria mais claro e leve.

CAPÍTULO 25

O ATO MAIS DIFÍCIL

Era chegada a hora de encarar a parte mais dolorosa de minha jornada. Em todas a regressões anteriores, hesitei em retornar às ruínas em que me vi diante de Carla e do meu avô paterno. Era um momento extremo, em que eu havia desistido de viver e pedia para morrer.

Porém, era chegada a hora de enfrentar um dos meus maiores desafios desde que iniciara o processo de compreender o que havia me acontecido — dar início à missão que se gestava em meu íntimo.

Confesso que posterguei bastante essa etapa da regressão, todavia a hora tinha chegado.

Acomodado na poltrona de Diva, respirei fundo.

— Está relaxado, Rodrigo?

— Um pouco — respondi.

— Respire fundo, feche os olhos e se concentre. Acompanhe minha voz; eu vou te guiar como nas outras vezes. Pode ser que esta seja a experiência mais difícil, mas, possivelmente, também a mais necessária. Aquela que tirará o último nó de dúvida sobre tudo o que lhe aconteceu.

Assenti, meneando a cabeça. Demorou muito para que eu conseguisse de fato relaxar a ponto de deixar-me ser conduzido por Diva até as velhas ruínas.

As luzes transpassavam os vitrais incrustrados nas paredes de pedra. Ao centro de uma ampla sala vazia, eu estava sentado atrás de uma pesada mesa de madeira. Sobre ela, estavam os papéis — a espécie de *procuração* que eu queria que Carla assinasse para me deixar morrer. Ao lado dos papéis, uma caneta dormia, esperando para ser usada.

Minhas mãos tremiam e minha respiração estava ofegante.

Não havia sinal de Carla ou do meu avô. Eu estava sozinho.

Não é possível que será assim.

Confuso, eu não compreendi o que estava se passando. Eu deveria reencontrá-los? O que exatamente eu procurava ali?

A imagem de Carla sentada à minha frente, agoniada diante de minha resignação, não me saía de cabeça.

— Rodrigo — uma voz me chamou.

Olhei para trás, sobre meu ombro. Meu coração disparou com o que vi. Não apenas Carla, mas Alice, Pedro, meus pais e meu avô paterno estavam ali, em pé, me olhando.

Como sou idiota!

Praguejando contra minha própria fragilidade, eu entendi tudo. Novamente eu estava diante dos papéis e da caneta que podiam lavrar minha partida do mundo. Me libertar da dor. Não seria de Carla a decisão de assinar; mas minha.

Dizem que o conhecimento liberta. Naquele instante, eu não era o mesmo — nem o homem rude e austero de outras encarnações, nem o Rodrigo de antes da intubação.

Fosse quem fosse, Deus estava me colocando à prova. Bastava uma *canetada* e tudo estava terminado.

Decidido, afastei de mim os papéis. Não toquei na caneta. Eu chorava copiosamente, mas, ainda assim, levantei-me e fui para junto de minha família.

Essa era minha real opção. Minha escolha. Eu havia vacilado diante da doença. Quase desisti, porque entendi as dificuldades como uma provação que tinham como objetivo dobrar meus joelhos. Tudo errado!

Essas provas por que passei não tinham o objetivo de me levar à morte. Pelo contrário; elas queriam me levar a ter uma nova visão sobre a vida e, com ela, influenciar positivamente as pessoas.

A maldição da linhagem masculina dos Távora estava quebrada; tudo acabava em mim; porém, para que isso acontecesse, era necessário que eu passasse pela mais dura das provações.

Foi então que o oriental entrou na grande sala. Ele caminhava devagar, com as mãos às costas, e sorria.

— Rodrigo, neste momento você quase deixou o mundo. Você sofreu uma parada cardíaca e esteve realmente morto durante alguns segundos.

Foi o tempo de você decidir se queria seguir ou não. Todos aqui, inclusive eu, acreditamos em você. Mas faltava um ingrediente importante: *você* acreditar. Acreditar que merece estar vivo e que a vida não é algo por que se passa, mas um dom que vale a pena viver, experienciar, evoluindo a cada momento e também mudando a realidade das pessoas ao seu redor. Essa mudança pode acontecer de várias maneiras, mas o modo mais eficaz sempre será a ação. E, da ação, nasce o *exemplo*.

Eu compreendia tudo aquilo. Prometi a todos e a mim mesmo que quando estivesse de volta trabalharia intensamente para influenciar, ainda que minimamente, as pessoas ao meu redor.

Retornei à sala de Diva no exato momento em que, aliviado, abracei todos de minha família. Ela segurou minha mão e sorriu:

— Foi tão ruim assim?

Meu rosto estava banhado por lágrimas.

— Pelo contrário — respondi. — Estou abençoado por estar vivo.

CAPÍTULO 26

APRENDIZADO

Vocês podem achar que se trata de vaidade ou até mesmo arrogância registrar minha experiência de quase morte neste livro e ter a ousadia de compartilhar minha história como se ela fosse algo especial.

Na verdade, eu fui um dos muitos seres humanos que passaram por experiências extremas na pandemia, e certamente meu relato não é um fato isolado.

Então, o que torna este texto tão especial a ponto de ser lido?

Acredito que a resposta esteja justamente no fato de este livro não ser uma epopeia heroica, uma odisseia que reconta a jornada do herói. Trata-se, pelo contrário, de uma história ordinária de um homem comum, que experenciou as portas da morte (que também é algo comum, afinal ninguém escapa dela) e sobreviveu.

O coma e a intubação, a parada cardíaca, os sonhos e as regressões me mostraram que sou exatamente isso: uma pessoa comum, frágil, que depende dos outros e de quem também as pessoas podem depender quando precisam.

O Rodrigo Távora que renasceu naquele hospital tem obrigação de ser uma pessoa diferente. Afinal, não foram poucos os aprendizados e, como se diz, com conhecimento também chegam as responsabilidades.

Se posso resumir o que aprendi com tudo isso, digo que arrogância, prepotência e poder não levam você a lugar algum; o respeito e o amor verdadeiro vêm com a admiração por boas ações, bons atos, humildade, empatia.

Mais do que nunca, hoje eu acredito no ser humano como alguém capaz de mudar; porque eu mudei. Esforço-me ainda mais para não julgar, tentar compreender o momento evolutivo, as decisões equivocadas, os rompantes de raiva e ciúmes. O maior tesouro que podemos entregar a alguém que se opõe a nós é a paciência e o perdão.

Claro, isso vale para mim mesmo.

Não sou perfeito e estou longe de ser. Mas, hoje, nos momentos de raiva, de confusão mental, de tristeza, penso que tudo tem um propósito maior. Não devo me cobrar tanto, porque todos temos resgates a serem feitos — nesta e em outras vidas. Mas mantenho meu firme propósito de olhar adiante e evoluir sempre.

Eu estive morto e retornei. Mudar era a retribuição mínima que eu podia dar a Deus, e à vida, por esta nova chance.

A vida vale a pena de ser vivida — para que aprendamos nas dores, e colhamos os doces frutos na bonança. Até que, um dia, deixaremos este mundo para nos reencontramos com quem amamos e, depois, recomeçarmos em uma nova jornada.

CAPÍTULO 27

ATO FINAL

Do meu lugar, ergui os olhos e espiei as pessoas começarem a se reunir entre as prateleiras da livraria. Estou realmente nervoso, pois nunca me imaginei, um dia, lançando um livro.

Todavia, tenho plena convicção de que, juntamente com todo o processo por que passei ao longo dos dias em coma e de intubação, também trouxe comigo a missão de compartilhar essa história.

Não porque ela tenha algo inédito. Talvez seja justamente o contrário; o que aconteceu comigo acontece todos os dias, nos quatro cantos do mundo. Pessoas experimentam o estado de *quase-morte*, ganham uma segunda chance, abraçam uma oportunidade negada à maioria.

Então, fica a pergunta: o que se deve fazer com isso?

Na verdade, a gente não pensa realmente na morte até que ela bate à nossa porta. Claro, a gente sabe que é algo inevitável, por qual todos passaremos, mas é como alguém que nos espia ao longo da vida toda, sem nunca cruzar nosso caminho. Sabemos que a pessoa está lá, nos vendo, caminhando ao nosso lado, mas nunca nos importamos até que ela resolve nos dizer "oi".

Parece que, a partir desse momento, essa "pessoa", a *morte*, passa de fato a existir. Ser uma realidade concreta.

Eu vivenciei isso. Quase toquei nas mãos da morte, quase peguei-a nos braços e saí para o baile. Felizmente, as orações das pessoas a quem amo e a intervenção de meus guias espirituais me conduziram a fazer a escolha certa: não sucumbir ao sofrimento, não desistir, abraçar meu destino.

Os burburinhos se tornaram mais altos. Eu quase consigo, agora, distinguir uma ou outra voz. Colegas, amigos e parentes começam a chegar.

Diante de mim, uma pilha de livros aguarda para ser autografada. Mexo as pernas, ansioso. Pedro está do meu lado, enquanto Alice e Carla conversam com meus pais a alguns metros de mim. É um dia feliz, sem dúvidas.

Escrever este livro me levou a acessar e depurar muitas memórias. Essa talvez tenha sido a etapa mais difícil.

Até hoje, não contenho as lágrimas quando me recordo de alguns fatos, ainda que o final tenha sido feliz — *muito* feliz!

Lembrar, anotar, rascunhar e, finalmente, produzir frases, parágrafos e páginas foi um parto doloroso. Mas, como em todo processo, aos poucos vamos percebendo que a dor funciona como um tipo de filtro: coa nossas emoções, retendo o que é bom e eliminando o que deve ser deixado de lado.

Ao final, depois de várias idas e vindas da editora e de ajustes da equipe editorial, esta história pôde ser contada.

Se espero algo de quem a ler?

Bom, honestamente, que viva o máximo seu presente, mas não de modo hedonista; viva com o máximo de respeito ao próximo e a si, cuidando de seu corpo, de sua saúde mental e de quem ama. Cada segundo de vida é precioso e, muitas vezes, não valorizamos o simples fato de acordarmos, respirarmos, bebermos água ou comermos o que queremos, sem nos preocupar. Somente quando somos privados disso — e, creiam, eu fui, pois não conseguia respirar, tomar água, me alimentar ou mesmo caminhar — é que damos o real valor que as pequenas coisas têm.

Como já dizia Antoine de Saint-Exupéry, "o essencial é invisível aos olhos". Então, note que já temos o que buscamos e não percebemos. Ame o que você tem antes que a vida faça você sentir falta do que você tinha.

Respeite as pessoas em seu trabalho, supere as dificuldades com sabedoria, evite julgamentos desnecessários. Afinal, todos estamos evoluindo; apenas erramos em áreas diferentes.

Hoje, meu objetivo é nunca julgar, mas, sim, orientar.

Cabe a cada um aprender diante do trajeto que escolheu, porém não pode ser eu (ou você) a colocar mais peso sobre os ombros de outrem, de modo a tornar essa caminhada mais pesada.

Outro fato importante é o perdão. Ele não apenas liberta a quem nos perdoa, mas, sobretudo, a nós mesmos. Aliás, acho que, quando nos arrependemos e pedimos perdão, somos os principais beneficiados.

Aprendi muito sobre isso nos sonhos e regressões; pude sentir inúmeras vezes a mágoa das pessoas que destratei e magoei. Muitas vezes, consegui me reconectar a elas e pedir perdão (e ser perdoado).

Noutras, como no caso da tribo e dos vultos do vitral, não obtive necessariamente a consumação do perdão, mas, conforme me instruiu o xamã, agora a decisão de perdoar ou se apegar a raiva e mágoa estava com eles, não comigo. Era uma decisão individual, um caminho que só uma pessoa pode trilhar.

Carla se aproxima de mim e anuncia que as pessoas vão começar a entrar.

Seguro em sua mão e peço que fique ao meu lado. Sem ela, eu certamente não estaria aqui.

Digo que a amo, que amo nossos filhos. Engulo o choro quando a primeira pessoa se aproxima da mesa. Sorrimos uma para a outra.

Pego um exemplar, coloco diante de meus olhos, sobre a mesa, e viro a capa.

A caneta desliza sobre o papel, grafando a dedicatória.

Um novo dia, de uma nova vida.

"Os homens semeiam na terra o que colherão na vida espiritual: os frutos da sua coragem ou da sua fraqueza."

ALLAN KARDEC

fim

AGRADECIMENTOS

Estes agradecimentos são para as pessoas que viveram comigo durante toda essa minha jornada, que sentiram medo de me perder e cuidaram de mim enquanto eu estava internado.

Minhas irmãs, Patrícia e Fernanda, e meus cunhados, Rafael e Emiliano, que batalharam muito por melhores condições para mim no hospital.

Obrigado por se juntarem e dividirem tarefas para um apoiar o outro.

Ao meu pai e à minha mãe, que aguentaram com fé e oração o sofrimento de ver o filho passando muito perto de morrer.

Minha cunhada, Daniela, que cuidava dos meus filhos, enquanto a Carla corria para me ver no hospital.

Meu chefe, que naquela oportunidade virou um grande amigo, o Ângelo Magno de Ávila; diariamente ele ligava para ter notícias sobre mim.

Aos meus colegas do Banco Santander, que, pelo Ângelo, tinham notícias minhas e se juntaram em diversas correntes de oração sempre conduzidas pelos meus grandes amigos, Luzenildo e Flávia.

Meus grandes amigos do departamento, como Fernando Sanches, Vanessa de Oliveira, Márcia Luppi, Andrea Maruyama, Monalisa Mellari e tantos outros que se engajaram em doação de sangue para mim. Aos também doadores, como Danilo Spini, Elvis, Michele, Vagner e Janaína.

Todos da família Junqueira de Arantes, que fizeram uma corrente de mais de 2 mil orações.

Às minhas tias, Marília e Maria José, e aos meus primos e primas que rezaram fortemente por mim, além dos meus primos, Paulinha e Daniel.

Minha madrinha, Simone, que, além de perder meu padrinho Edilson durante a pandemia, ainda de luto, orou por mim e lutou para não me perder.

À Rúbia, que, na época, foi a pessoa que ajudava em casa e um grande alicerce para a Carla e para as crianças.

Ao meu sogro e à minha sogra, que sofreram demais e aprenderam a lidar com a dificuldade de ter um genro que passou muito perto de morrer.

Aos meus vizinhos e funcionários do meu condomínio, que, no meu pior momento, silenciaram o prédio em orações por mim.

Ao Jean Xavier, que se emocionou com a minha superação e me ajudou a encontrar uma editora para que minha história chegasse a mais pessoas.

Um agradecimento especial ao Dr. Diego Ramos, que foi meu médico pneumologista e que me acompanhou e cuidou de mim no período mais crítico da minha doença; de uma maneira especial, ele conseguia transmitir as notícias para a minha família de uma maneira mais leve.

Dr. Diego é um desses seres humanos que, embora tenha a dificuldade do cotidiano do trabalho duro de um médico, tem a sensibilidade de contar as notícias dolorosas com muito amor e respeito.

Não posso me esquecer dos técnicos de enfermagem, auxiliares técnicos, enfermeiros, fisioterapeutas e das fonoaudiólogas do Hospital. Além de todo o corpo médico que cuidou muito bem de mim. Especialmente Felipe, Robson, Gabriel e Wesley, que foram meus cuidadores durante 2 meses quando vim me recuperar em casa. Assim como os fisioterapeutas Victor e João, que acabaram se tornando meus amigos.

Aprendi a ser mais humilde ao depender de outras pessoas.

Confesso que devo deixar uma mensagem póstuma à minha avó, Julia Cafruni Távora, que, embora com 98 anos de pura lucidez, era a pessoa que mais acreditava que eu sairia vivo e ainda conseguiria participar do aniversário do Pedro, meu filho, em setembro. Por incrível que pareça, com toda a fragilidade da idade, era ela quem tinha a força para fazer todos acreditarem que eu viveria. Vovó, onde quer que você esteja, meu mais sincero: obrigado!

Este livro foi composto em 2023 por Maquinaria Editorial nas famílias tipográficas FreightText, Jubilat e Adobe Handwriting. Impresso na gráfica PlenaPrint.